空想居酒屋

島

空想居酒屋　目次

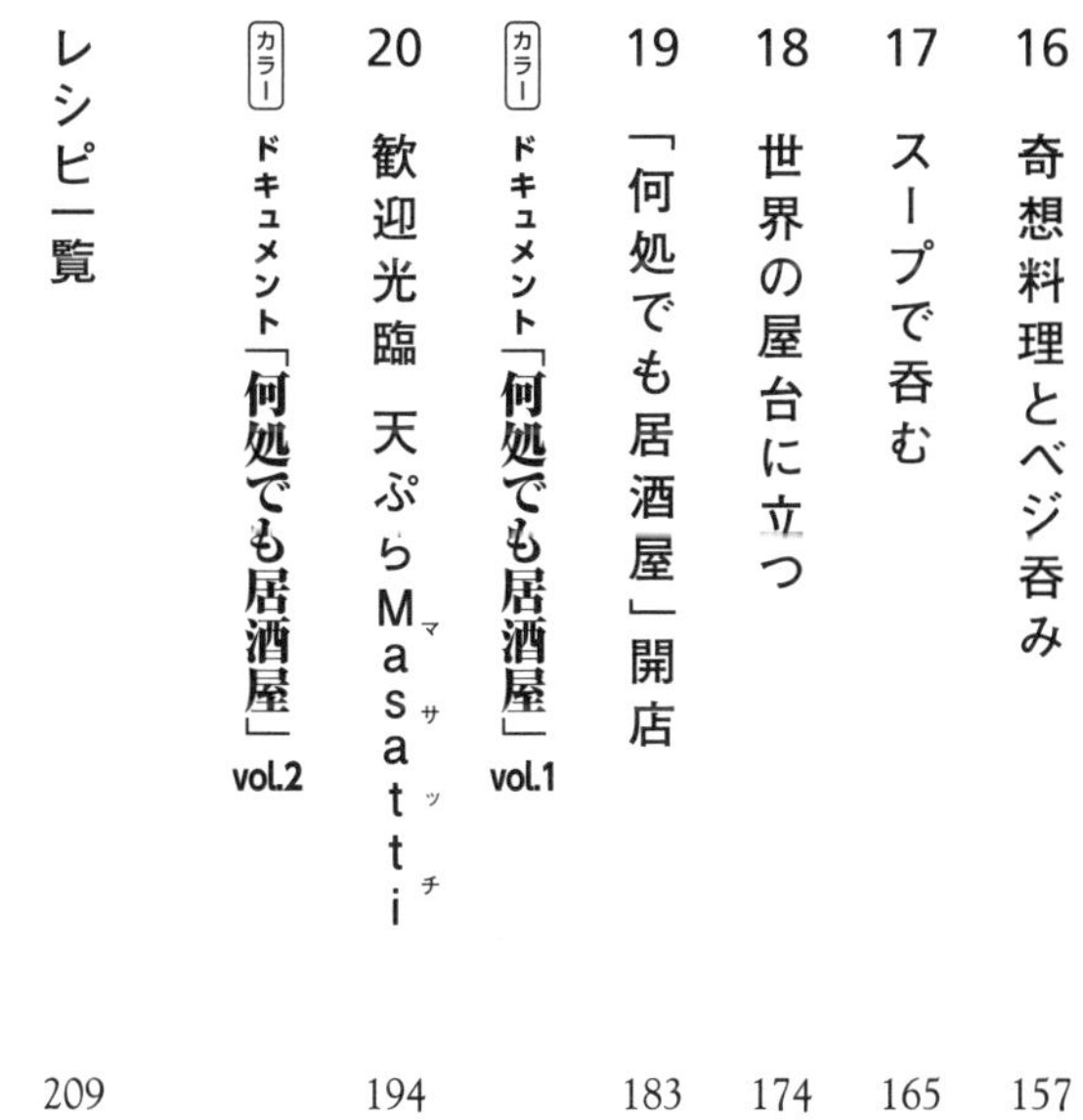

はじめに

そこに酒があり、ドリンカーがいれば、即酒場。

自身の中に様々な交代人格を育てる作業を行っているわりに、一人机に向かってばかりいるので、他人と接する機会が少なく、異なる分野の人同士が参集して、一つのプロジェクトを進めるような仕事に憧れがあった。その欲求を満たすため演劇活動に関わったこともあったが、今では別の転職希望を胸に秘め、酒を飲みながら放心している時などに極めて具体的なプランを練るのが癖になった。

そのプランというのは自分の居酒屋を開くことである。実際に経営者になったら、仕入れや採算や接客に悩まされるだろうが、空想ならどんな奇抜なメニューやポリシーを打ち出そうが、思いのままである。

過去に多くの酒仙、大酒呑み、酔っ払いとの交流があり、彼らの薫陶を受けてきた。また、酒場にはそれぞれの歓待の流儀があり、ポリシーがある。もはや数えきれないほどの酒場を巡り、杯を空け、記憶をなくし、二日酔いもし、酔客に絡まれ、狼藉も働き、何とか今日まで無事に生き延びてきた。感動の美酒あり、もう一度食べなければ死ねない逸品もあった。いつしか、これまで訪れた数々の実在の酒場とその思い出が酔った頭の中で渾然一体となり、理想の酒場が私の想像の中で開店した。それを「空想居酒屋」と名付けよう。もちろん、頭の中の酒は飲めないし、絵に描いた肴(さかな)は食えない。架空の居酒屋では酔えない。だが、その想像がリアルなら、すぐにでもリアルな「何処(どこ)でも居酒屋」を作ることもできる。私が体験した酒場天国をまずはコトバで再現し、「こんな酒場で飲みたい」という欲望を善きドリンカーたる読者と共有し、最終的には空想居酒屋を実際に開店することを目指す。

どんな店が理想か？　商店街の酒屋、リカーショップは扱う酒の種類の多さは魅力の一つだが、角打ちをやっている酒屋に勝るところはない。売っている酒なら何でも飲めるというのは実はすごいことなのだ。ザルツブルグのさる高級ホテルの一階には老舗(しにせ)の酒屋があり、ワインやラム、シナップス、アブサンにいたるまで三百種類を超える酒を売っているのだが、全てその場で飲め、味見もさせてくれる。滞在中、毎日通ったのはいうまでもない。空想居酒屋も酒の小売店を併設し、客が呆れるほどの多様性を確保したい。

酒を注ぐ時の気前のよさも居酒屋を評価する際の重要なポイントである。泡だらけの生ビール、グラスに半分も入っていない焼酎のロック、受け皿にこぼれていない日本酒を平然と出す店は酒呑みが聞こえないように舌打ちしていることを思い知るべきである。福井のある居酒屋はグラスの下に受け皿を三枚重ね、シャンパンタワーのようにして日本酒を出す。そんなことをしたら採算が取れないなどとケチなことを空想居酒屋はいわない。客は店の気前よさに対し、「また来る」ことで義理を返してくれるから。

以前、『孤独のグルメ』の原作者久住昌之氏と酒場談議をしたことがあった。実はこの漫画の始まりはバブル時代に遡る。まだ巷（ちまた）の人々の懐（ふところ）が暖かく、年収四百万円が貧乏と見做されていた時代である。誰もがこぞって、港区や中央区、渋谷区の単にお洒落なだけの、コスパの悪いレストランに嬉々として出かけ、覚えたてのワインの蘊蓄（うんちく）を傾け、男は目の前の自分のことにしか興味のない女を口説き落とすことしか考えていなかった頃に、主人公井之頭五郎はひなびた酒場、貧乏くさい食事、時代から取り残され、半ば遺跡化したような街を好んで訪れていた。私がしたかったことはまさにこれだと思った。『孤独のグルメ』は食堂や酒場と井之頭五郎とのコラボレーションであり、変哲もない場末、大して美味（うま）くもない料理から最大限の魅力を引き出す一種のインスタレーションである。かつて、赤瀬川原平が熱心に行っていた路上観察学や街中の無用の長物と思われるものに注目する「トマソン」にも通じる現代アートの一種なのである。このように能動的なハプニングを期待して食べ歩いている限り、食べログのランキングを信じて傷つくこともない。ネットの情報などに振り回されず、直感を信じ、勇気を出して、何となく気になる店に飛び込めば、必ず何らかの副産物がもたらされる。たとえ、不味（まず）くても、惨めな思いをしても、それは立派な話のネタになる。

居酒屋の構造で最も合理的と思われるのはコの字カウンターである。内側を従業員の動線に使い、外側に丈夫な木製のスツールを並べ、客同士が詰め合い、譲り合って座るようにする。コの字の開いている先には厨房があり、でき上がった料理を両側の客に配膳し、酒は客がセルフサービスで壁際の冷蔵庫から取り出し、自己申告させるか、お代わりの酒や焼酎はカウンターごしに直接、客のグラスに注ぐ。この方式でコの字を長くすれば、一人で十五、六人の客をさばけるだろう。しかも、店内の無駄な動きが省け、給仕と客がぶつかることもなく、給仕は客の注目を一身に集め、やがて、その手際やフットワークを批評する客も出てくる。

そもそもテーブル・チャージというのはテーブルについた客にいちいちサーブする手間とプライバシー確保の追加料金である。カウンター客に対してはそれらの手間が省けるのだから、その分安くしてやらなければならない。チェーンの個室居酒屋は給仕に手間がかかる分、注文の品が来るのが遅い。そういう店で飲み放題コースを頼むと、意図的に給仕を遅くされている気がする。

コの字カウンターで人件費を抑えた分は赤字覚悟で看板メニューを提供するのが、居酒屋の良心というもの。来た客のほぼ全員が注文する定番を開発しなければならない。ある店ではそれは素焼きの皿にモツの脂がついている面を上にして並べ、オーブンで表面を焦がしたグラタン風のモツ煮込みであり、また別の店では生パン粉で揚げた分厚いハムカツだったり、ホッキ貝入りのポテトサラダだったり、マグロの頬肉を使ったねぎま鍋だったりする。メニューの主役を首尾よく開発できたら、次は日替わり脇役メニューの開発である。ブラジルでは曜日ごとのメニューが全国的に決まっていて、たとえば、金曜日は黒豆と豚肉やソーセージなどを煮込んだフェイジョアーダが供される。月曜日から日曜日まで七人の脇役が揃えば、その全てを制覇しなければ気が済まない客が毎日やってくる。

　定番は手堅く、飽きのこない味に仕上げておけば、日替わりでは実験精神を発揮し、客の意表を突くこともできる。たとえば、定番にカツオだしを効かせた薄味のモツ煮込みを備えておけば、日替わりメニューにガスパチョやパスタを出しても、バランスは取れる。

　どうしても動物性タンパク質過多になりがちな居酒屋に野菜メニューを充実させると、中性脂肪や便秘が気になる客の支持も得られる。漬物ステーキ、沢庵（たくあん）の煮物、春菊やパクチーのサラダ、きんぴらごぼう、ナスの塩揉み、叩きキュウリ、キャロットラペ、焼き野菜などは最低限、揃えておきたい。

　外国に出ても、飲み歩く以外にやることはなかった。いや、取材とか講演とか会議などもあったが、そちらの記憶はほとんど残らず、酒場の思い出だけが肝臓に鮮明に刻まれる。バルセロナのバルでは三百種類を超えるつまみのメニューに敗北感を抱いたし、ほとんど十メートル置きにあるといっても過言ではないヴェネチアのバーカロを七軒ハシゴしたこともある。アムステルダムのバーではジンを樽でキープしている客におごってもらった。
酒場には土地柄が色濃く出るが、それぞれのスタイルが別の文化圏で異彩を放ってもいる。スペイン・バルが日本で流行(はや)れば、ニューヨークでは日本の居酒屋が「ジャパニーズ・タパス」と呼ばれ、若いアメリカ人がサンマの塩焼きやお好み焼きをつつきながら、日本酒を飲んでいる。居酒屋もフュージョン化しているわけだが、そうなればなったで、原点回帰したくなり、近頃は昭和の面影を宿す下町の史跡のような居酒屋の色褪せた暖簾(のれん)をくぐりたくなる。また、そういうところはこちらの意図を見透かしたように、切り干し大根の煮物とか、長芋の短冊とか、マカロニサラダとか、うるめいわし、ハムエッグなどを揃えている。

日本でスペイン・バルに行くのも、昭和の居酒屋へ行くのも日常からの逃避行動という点で共通しているのかもしれない。居酒屋は単に酒を飲むだけでなく、日々の憂鬱(ゆううつ)や漠然とした不安を消化し、理解者を獲得しにゆく場所でもある。客はそこで自分が何ほどのものかを知り、謙虚を学び、何かを断念するのである。まっすぐ家に帰ったところで、どうせ不眠にさいなまれるだけである。

霞が関の官庁街に近い虎ノ門には行きつけの店が一軒あるが、午後六時過ぎともなると、ダークスーツの男たちで満席になる。客はほとんどが官僚のようだ。聞き耳を立てると、人事の話やぼやきが漏れてくる。その場しのぎの政策の大筋が案外、この居酒屋で決められている可能性もある。ところで私は国会前のデモに出かける前にここで一杯ひっかけて行った。その時はカンパチの刺身、メゴチの天ぷらを肴に冷たい酒を飲んだことを覚えている。テレビでも新聞でも言論の自由にはバイアスがかかっている昨今、本当にいいたいことをいえる場の確保は物書きにとっても死活問題だが、居酒屋はその最後の砦になるかもしれない。物書きが居酒屋を開くことにはそういう含みもあるのだ。

空想居酒屋は喜んで誰もが自由に議論を交わせる場を提供するが、大声を出さず、静かに相手の話を聞いた上で、自粛などせず、いいたいことをいうのが客の流儀である。

そして、空想居酒屋は空想のままでは終わらない。豊かな空想は実践で締めくくらねばならない。空想居酒屋はリアルな居酒屋、何処にでも出現し得る「何処でも居酒屋」に進化するだろう。あの『ドラえもん』の「どこでもドア」の向こうには居酒屋があるのだ。

1 マッコリタウンの夜

記念すべき第一回目、春休みで暇だったこともあり、羽田からソウルに向かった。韓国も食い倒れの国で、「ちゃんと食べてるか？」が挨拶の代わりにもなるし、映画やドラマでは食事や酒のシーンが非常に多いことからも、いかに三度の食事に重きを置いているかがわかる。刑事ドラマではお約束のように、ものすごい勢いでジャージャー麺をかき込むシーンが出て来る。口角に真っ黒な味噌をつけながら、早食い競争のように腹ごしらえをするのを見ていると、ジャージャー麺は刑事の主食なのだなと思う。ちなみに取り調べを受ける容疑者は、なぜかキムチチゲを食べていることが多い。また、近年、ドラマの中の女性やカップルが人生をリセットして、新たな商売を始めようという時、チキンの店を開くという設定が多い。確かに街中には韓国版ケンタッキーというべき、フライドチキンの店が目立つようになった。アジュンマの手料理を出す食堂は次第に廃れ、ファーストフー

韓国の夜の街並み

ド化、チェーン展開が目立つ。野菜など食材の流通にも変化があり、従来は市場で生産者の顔が見える形で仕入れが行われていたが、近年では財閥系のグループ企業が一括して、中国などから安価な野菜を大量仕入れして、食堂などに卸すシステムに変わりつつあり、韓国の食事情もアメリカ化、日本化が進行しているようだ。

夜中にソウルに着いて、ホテルのフロントで遅くまで開いている店はないか訊ねると、市庁駅六番出口のそばにある飲み屋街に行けば、二十四時間営業の店がたくさんあるというので、行ってみた。酔客が最後の締めにヘジャンクを食べる時間である。

これはハングオーバー・スープと呼ばれる二日酔い予防になるスープのことで、干鱈入りのスープであるブゴク、牛の血を豆腐のように固めたものが入ったソンジク、豆もやしのスープコンナムルクなどが代表的なものだ。二日酔いになるまで飲まなければいいのだが、その境界の見極めは難しい。あの最後のビールは余計だったとか、ウイスキーを四杯でやめておけばよかったなどと後悔せずに済むように、韓国人はヘジャンクで締めるのである。

ところで韓国のビールや焼酎はお世辞にも美味いとはいえない。ビールは薄く味気なく、焼酎はケミカルな甘さがいかにも肝臓に悪そうだ。コンビニでは炭酸水と同じ値段の安酒なので、当然その報いがあるわけだ。むろん、韓国人はそんなことは百も承知で、よく冷えた「ソジュ」をクイクイやる。吹き出しには「飲まずにやってられるか」というセリフがよく合う。時にはマッコリやビールと混ぜて飲む。そんな軍隊式の無茶呑みをしても、翌朝、ちゃんと出社できるのはヘジャンクのお陰である。日本では締めにラーメンを食べてしまうが、これが二日酔い予防になるという話は聞いたことがない。せいぜいシジミ汁かアサリの味噌汁だろう。酔客の明日のためにヘジャンクを出す、そんな優しい居酒屋があったら、通いたくなるのが人情。

さて、その夜はかなり空腹だったので、キムチチゲとポッサムで腹を満たし、「ソジュ」も一本にとどめておいた。

今回の旅のメインはソウルではなく、全州（チョンジュ）である。食い倒れの韓国で「食は全州にあり」とまでいわれているので、行かずには死ねない。実は十五年前と五年前にも行ったことがあるのだが、その時の充実の食い倒れが忘れられず、再訪することにした。全州名物はたくさんあるが、コンナムルクッパと伝統ビビンバは広く知られていて、ソウルでも味わうことができる。ソウルからわざわざ三時間もかけて全州に来たからにはマッコリタウンに行かなければ、彼の地の食道楽を体験したことにはならない。

マッコリタウンは伝統の街並みを再現した韓屋村（ハノンマウル）からも駅やバスターミナルからも離れた、住宅街の中にある。全州にはそういうエリアが七ヶ所もあり、最もポピュラーな三川洞（サムチョンドン）のポックマックケルリという店に入った。店の名前とメニューを読めるくらいハングルはできるが、マッコリタウンでは挨拶をし、席に案内されたら、あとはニヤニヤ笑いながら待っていればいい。約二リットル入ったアルミのやかんと全州スタイルと呼ばれるセットのつまみがテーブルに隙間なく並べられる。その数三十種類。枝豆、味付け海（の）

苔、白菜、大根、沢蟹、ネギなどのキムチ各種、塩辛各種、タニシ、蚕のさなぎの佃煮などの箸休め的なものから、パジョン、サバの干物、キムチチゲ、生ガキ、ホタテ、渡り蟹のケジャン入りのご飯、イイダコの踊り喰い、カモの燻製肉、ポッサム、アンモニア臭のするエイの発酵刺身ホンオフェ、骨つきカルビ、ハンバーグみたいなものまで店の全メニューを出してくるのだ。「こんなに食えるわけないじゃないか」と最初は思うのだが、全州のマッコリはマルグンスルと呼ばれる上澄みだけのもので、飲み口が実に爽やかなので、食欲増進作用が生じるのだ。

白いマッコリの濁り成分が悪酔いの元になり、また満腹感がもたらされるのだが、上澄みだけだといくらでも入ってくる。ややしつこいカモ肉や豚肉、辛い味付けのもの、塩分の強いもの、そして臭いものを食べたあとはこのマルグンスルが口の中をリセットしてくれる。アルコール度数は六度とやや強めのビールくらいだが、ほとんど発泡していないし、甘いのでつい飲み過ぎてしまう。最初のやかんは十五分ほどで空になり、追加を頼む。前に来た時は下戸の友人と二人だったので、一人でやかん二つ、つまり四リットル飲み、したたかに酔ったが、今回は四人いるので、やかん四つはいけるだろう。追加のマルグンスルを注文すると、さらに駄目押しで別の皿が出てくる。この全州の歓待の掟は胃弱

隙間なく並べられた
つまみの前で

マッコリがとまらない

の客には大きな試練となるだろう。

目標のやかん四つを達成し、口の中に残るホンオフェのアンモニア臭も消え、勘定を払う段になったが、請求されたのは飲んだマルグンスル分だけだった。四人で満腹になるだけでなく、料理の見た目も楽しみ、好奇心も満たされ、足元がおぼつかなくなるくらい飲んで、八万ウオン、ざっと八千円。

店長に「また来る。日韓関係が悪化しても、親善のために来る」と約束し、店を出た。自分ではまっすぐ歩いているつもりだったが、見えないコーンを避けながらジグザグに進んでいるように他人の目には映っただろう。外気温は三度と冷え込んでいたが、マッコリの作用で体の内部が温まっていた。もうこれ以上、腹に入らない状態だったが、全州に来て、コンナムルクを食べずに帰るとバチが当たるといわれ、その名店へと移動した。席に着くと、すぐに煮えたぎるそれが運ばれて来た。全州の豆もやしは豆の粒が小さく、茎の部分が長い。これがふんだんに入ったスープは煮干しや魚醤（ぎょしょう）のだしが効いていて、唐辛子の風味も絶妙だった。スープの中にはすでにご飯が入っているが、量が少なく、主役の豆もやしとスープの邪魔をしない。割り入れた生卵は適度に熱が通り、ドロっとした黄身があっさりスープにコクを添える。サービスの韓国海苔やキムチもアクセントになる。

夢中になってかきこんでいるうちに完食してしまった。香川県で「うどんは別腹」という如く、全州では「コンナムルクは別腹」だった。この店で勧められたのは「母酒（モジュ）」と呼ばれる、シナモンの香りたつ甘酒の一種である。漢字を見た時、「母乳」と見間違えたが、カフェラッテのような色をしていて、コアントローを思い出させる味だったが、アルコール度数はわずかに一・六度。

夜中に宿の「学堂」に戻り、酔い醒ましのお茶を飲み、オンドル部屋に布団を敷いて寝たが、隣の部屋からは大イビキが聞こえた。眠りが浅くなると、他人のイビキを聞き、眠りが深くなると、自分のイビキを聞かせることになる。

翌朝、腫れぼったい顔で起き抜けたが、痛飲したわりには胃腸はすっきりし、頭痛もなかった。二日酔い予防スープの威力か？　まだ昨夜食べたものが消化し切れていなかったが、朝食の膳には、丁寧に調理された色鮮やかな料理の数々が幾何学模様を描くように配置されていて、しばらく見惚れていた。岩海苔とカキの入ったスープをすすり、キムチ各種、パジョン、サラダ、骨付きカルビ、パテのようなもの、そして五穀米と、昨夜（ゆうべ）のマッコリタウンの品揃えを反復しているような賑やかさで、食後には五種類のデザートが別の膳に用意されていた。

食堂でよく見かける光景として、客が去った後のテーブルにはかなりの量の食べ残しがある。最初に並べる料理の分量を減らせば、無駄がないとつい思ってしまうが、それをケチ臭いと考える文化が根強いのだろう。あの残飯はどのように処理されるのか、事情通に訊ねてみると、肥料になるらしい。韓国料理にはキムチが必ず並ぶので、肥料になるのが早いという。なるほど、すでに乳酸菌豊富な残飯は自動的に発酵が促進されるわけだ。それを聞いて、安心して、食べ残しができると思った。

（二〇一九年四月）

宿泊先のオンドル部屋で、「空想居酒屋」の実現を誓う

2 「離れ」としての居酒屋

郊外の急行が停車しない駅周辺にはマックやドトール、立ち食いそばのチェーンはあっても、なかなか魅力的な居酒屋はなく、こちらもチェーン店に甘んじることになるが、探せば、ローカル色濃厚な居酒屋もある。ある時、自宅最寄りの駅の踏切を渡り、三叉路の交差点を渡った角にある居酒屋に気紛れに入ってみた。そこはコの字のカウンター一つの小さな居酒屋でメニューは乏しく、売りは魚の干物各種という店だった。一応、食べログの点数を調べてみたが、三・〇八と可もなく不可もない評価だ。コマイを炙ったものと糠漬でビール一本飲んだら、引き揚げようと思いながら、窓の外を眺めていると、タクシーが一台店の前に横付けになり、一人の初老の男が降りてきて、そのまま店のカウンターに座った。その迷いのなさから、常連だろうと察せられた。

その客は店の女将に目で挨拶をすると、すぐに熱燗と糠漬が出された。客は一言も発しないまま読書を始めた。その人は私の斜め横に座っており、その横顔が否応なく私の視界に入ってくる。初対面なのにその顔に見覚えがあった。おそらくテレビか、映画で見ているに違いない。しばらくして、その顔をテレビドラマで見たことを思い出し、ドラマのタイトルから出演俳優の一覧を検索し、名前を割り出した。「お寛ぎのところ失礼しますが、志賀廣太郎さんですね。ドラマ拝見しました」と声を掛けると、「ありがとうございます」と紳士的な反応が返ってきて、しばし雑談をした。こちらが睨んだ通り、その人はこの店の常連で「週に四回ほど通っています」という。ロケなどで遠出していることもあるだろうし、飲めない日もあるだろうに、週に四回とはほぼ毎日通っているようなものである。「お宅は近所ですか?」と訊ねると、十分くらいのところだという。すでに午後十時近い時間になっていて、帰宅途中だったのだろうが、タクシーを途中下車してまで立ち寄っている。よほど自宅に帰りたくないか、居酒屋を自宅の茶の間にしているかだろう。

私はその居酒屋に入るのは初めてで、その魅力を何一つ知らないので、女将の耳を盗み、単刀直入に「この店の最大の魅力は何ですか?」と聞いてみた。少し考えてから、その人は答えた。

——何の変哲もないところですかね。

この人もかなりグレているなと思いながら、一時間ほどその店の魅力を自分なりに探ってみた。近くに劇団の稽古場があり、まだ羽化していない女優が日替わりでアルバイトに入ると聞いた。ああ、干物で飲めるガールズ・バーだからだ、と考えてみたが、その夜はカウンターの中に女優がいないにもかかわらず、ほぼ満員だった。微妙に人が寄り道したくなるロケーションなのか、とも考えてみた。三叉路の角で、確かに人も車も多い。だが、店先にオーラが漂っているわけでもなく、絶品のつまみがあるわけでもない。文字通り、何の変哲もないからこそ落ち着くし、しみじみと一人酒することができるのだろう。

行きつけの居酒屋がある。それ自体が一つの財産であり、また既得権益である。週に四回その居酒屋に足を運ぶ人は一回平均三千円の勘定を払っていくとして、週に一万二千円、月に五万数千円を落としてゆくことになる。カウンターの一席を月極めで借り、酒と肴を出してもらっているような感覚だろうか？　この出費には自分の安否や健康状態を第三者に確認してもらうこと、ぼやきの聞き手になってもらうことが含まれる。独居老人になれば、行きつけの居酒屋を持つこと自体が孤独死の保険にもなる。

火曜日、大学の講義は早く終わるので、居酒屋に直行すれば、午後三時半から飲み始めることができる。大学そばの神楽坂や市ヶ谷にも昼呑みができる店はあるが、行きつけは幡ヶ谷にある。この店は午後一時から緩やかに営業を始めるが、日の高いうちは老人と主婦の憩いの場になっている。勤労者諸氏の来店は五時過ぎで、相撲なら中入り後に自ずと客の入れ替えが生じる。私は結びの一番を見た後に店を去るが、それまでに梅干しサワー二杯と日本酒三合を飲んでいる。昼呑みは酒の回りが早いので、コスパはいい。

その店は産地直送の刺身が売りで、ブリやカンパチは九州で食べるのと同じコリコリ感が残っている。定番メニューにはホッキ貝入りのポテトサラダ、チーズハムカツ、厚焼き卵、柔らかいエイヒレなどがあるが、時々、常連のわがままを聞き入れ、タコぶつをカルパッチョ風に、マグロの頰肉をねぎま鍋にアレンジしてくれたりするので、飽きることがない。私は昨年、最も足繁く通う客一位の座を狙って、カレンダーの片隅に「正」の字でカウントしてもらったところ、四十回にも達したが、上には上がいて、四十七回来店した人に一位の座は譲った。

常連には正調べらんめえの江戸弁を話す八十五歳の親方がいたが、キッチンにその写真が貼ってあるのを見て、ひっそり亡くなっていたことを知った。亡くなる三日前にも飲んでいったというから、酒呑みとして理想的な死に方だと思った。その冥福を祈るのも同じ居酒屋である。写真に向かい、「あの世でも肝臓なんて気にせずに飲んだくれてください」と献杯をする。

この居酒屋は散歩の途中でたまたま見つけた。まだ開店三ヶ月の新しい店だったが、繁盛していて、店先にカニの甲羅が干してあるのが気になっていた。最初の訪問時からリピーターになる予感はあった。ドリンカーに友好的な値段設定は下町のセンベロに匹敵する。ポーションは小さいが、丁寧に作られたメニュー、升に入れたグラスに注がれる酒は綺麗に表面張力で升からはみ出す気前の良さに惹かれた。接客も押し付けがましくなく、無愛想でもなく、時々、声がやたらに大きい若者や女性客がいるのが耳障りではあるが、客層も悪くない。店主とコトバを交わすようになると、カウンターの居心地がさらによくなり、やがて「いつもの」といえば、梅干し酎ハイが、「デザート」といえば、エイヒレが出てくるようになった。この店が「マイ居酒屋」になると、人を呼びたくなる。最初は担当編集者や大学の教え子を呼び、飲んでいたが、ある年の自分の誕生日には午後八時から店を借り切って、パーティをし、滅多にないことだが、文学賞を受賞した折にはその二次会をこの店で行った。こうして、行きつけの居酒屋は自分の「離れ」のようになってゆく。あまり人に教えたくないのだが、幡ヶ谷の「浜屋」という店である。

行きつけの「浜屋」

九段南にある中華料理店「上海庭」も「マイ居酒屋」の一つである。法政大学に赴任してから、近隣の店の開拓を始めた頃、通りがかりに入ったのだが、枝豆と高菜の和え物、東坡肉（トンポーロー）や上海焼きそばをつまみにダラダラ紹興酒を飲むことにハマった。一週間の講義が終わると、放心のひと時が必要になるが、その場にもうってつけだった。半地下の狭い店だったが、いつの間にか四階建てのビルになっていた。上海出身の家族が経営するこの店を一度、雑誌に紹介したら、やけに感謝されて、サービスの一皿を追加してくれたりするようになった。

たまに学生や院生と飲みに行くこともあるのだが、彼らに店の選択を任せると、「飲みサー」の宴会じゃあるまいし、チェーン居酒屋の飲み放題コースを申し込んだりするので、自分で指定することにした。食欲旺盛な若者は居酒屋よりも中華料理店の方がいいに決まっている。基本、大皿料理を取り分ける中華のスタイルならば、十人で五種類二皿ずつの注文で充分にお腹は満たされる。空きっ腹に酒を流し込んで悪酔いすることも避けられるし、栄養価も極めて高いし、チェーン居酒屋よりはるかにコスパが高い。酢豚とエビチリしか知らない連中に中華料理の多様性を啓蒙することだってできる。大学院生の大半は中国各地からの留学生なのだが、彼女たちをこの店に連れてくると、店のママさんと北京語で会話を始める。ここは一応上海料理の店ということになっているのだが、メニューには四川料理の麻婆豆腐や水煮魚、水煮牛肉も揃っている。教え子の中には四川省出身者もいて、彼女にはここの味付けはパンチが足りないようで、極辛のリクエストが出たりする。料理に多少のアレンジを加えてもらったり、メニューにない料理を出してもらえるようになったら、「常連」より格上の「朋友（ポンユー）」になったと思いたい。近頃は大学で行われる学会のパーティのケータリングもお願いしていて、ほとんど給食チームを抱えている気分である。

東京にはモツ焼きの名店も多い。膨大な人口を抱える大都市で一日に消費される豚や牛の数は一体どれくらいになるのだろう？　焼肉、ステーキ、トンカツ、ラーメンのスープやチャーシュー、カレーなどに消費される肉の量に比例して、相当量の内臓が市場に出回るだろう。それを消費するために一定数のモツ焼き店が必要とされるわけである。

内臓ほど鮮度が問われる食材はない。芝浦の市場から、食肉とは別ルートで内臓が流通するが、まだ体温が残っているうちに洗浄し、下処理をし、厳重な鮮度管理がなされたものは臭みも、雑味もなく、レアで食することもできる。そのことを学んだのは東十条の焼きとんの名店である。この店の噂は以前から知っていたが、初めて、そのカウンターに座った時の緊張はよく覚えている。モツ焼きの店とは思えないくらい清潔に保たれた店内にまず驚く。自動ドアを通ると、真正面に備長炭をくべたコンロがあり、換気扇が回るステンレス・ボックスは磨き上げられている。コの字カウンターに客が居並び、中の大将をやや上目遣いに見る様子は高級寿司店の雰囲気に似ていなくもない。

初めての客には感想を聞く。「うまいです」と安易に答えると、「当たり前だよ」とぶっきらぼうな反応が返ってくる。私は少し気取った口調で「歯茎に絡みついてくる脂が甘

開店前の「埼玉屋」に大勢の人が並ぶ

い」というと、無視された。最初はあまり感じがよくないなと思ったが、次々供されるモツ焼きは絶品で、今まで食べてきたものとの歴然とした差にショックを受けた。レバーは表面を軽く炙っただけのレアで出されるが、血の味は一切せず、ほのかな甘みが口腔に広がる。牛串はＡ４クラスの肉をやはりレアで出すが、これも口の中でとろけてしまう。シロやタン、ハツといった焼きとんの定番も淡白で、ゴムのような歯応えとは程遠く、半分の咀嚼回数で飲み込める柔らかさなのだ。さらに豚の脾臓チレはエスカルゴバターをトッピングするという技を見せる。箸休めのクレソンと大根のサラダや「ポルコ」と呼ばれる豚の耳とキュウリを和えたものもモツ焼きの合間に食べると、味覚がリセットされ、ちょうど、寿司のガリみたいな役割を果たしている。また、「ポルコ」の皿の底に溜まったオリーブオイルをモツ焼きに絡めると、肉の旨味が際立つ。

あまりのレベルの高さに感嘆し、小説の中で主人公にここのモツ焼きを食べさせ、その本をプレゼントしたら、大将がいたく喜んでくれて、それ以来、大歓迎されるようになった。この店はＶＩＰの接待にも使えるといっても過言ではない。近頃は世界の食通の注目を集めており、ブログやＳＮＳを通じて、この店の存在を知ったアメリカやヨーロッパ、ロシアなどからの客が目を丸くしながらモツ焼きを頬張る光景が見られるようになった。時々、私も通訳をさせられる。この店の名前は知る人ぞ知る「埼玉屋」。ここもファミリー経営の店だが、いつ行っても大将、女将、息子さんの若大将、若女将に温かく迎えられるので、私の中では葛飾柴又の団子屋の茶の間のような場所となっている。

（二〇一九年五月）

3 臨時居酒屋の極意

近頃、巷ではチェアリングなるものが密かに流行っているらしい。気分が赴くまま公園や河原に出かけ、ロケ現場で監督が座るような折りたたみ式の椅子に座り、コーヒーや酒を飲んだり、友人と話し込んだりするという緩やかなアウトドア活動のことだ。「それなら私も昔からやっているぞ」と思ったが、椅子は持ち歩いていなかった。毛氈（もうせん）を敷けば、野点（のだて）になり、ゴザや段ボールを敷けば、花見か月見になり、段ボールをハウスにすれば、ホームレスになってしまう。だから、わざわざお気に入りの椅子に深々と身を任せ、お気に入りのニッチを探して、そこを自分のリビングルームに見立てようというのだろう。別に立ち呑みでも、公共のベンチを借りてもいいじゃないかと思うが、それだと日常性に埋没してしまうに違いない。

以前、石巻のアート・フェスティバルを訪れた際、リュックのように背負えるユニットバスを担いで、工事現場や海岸に出向き、「何処でも露天風呂」を実践しているアーティストの活動を知った。定住生活のルーチンである入浴の非日常化を図ったともいえるが、アウトドア思考自体が狩猟、遊牧をしていた頃へのノスタルジーと先祖返りの本能に基づくのだろう。子どもがやたらにバーベキューをしたがるのも、その性癖の現れに違いない。何しろ、バーベキューこそは火を使いこなせるようになった人類が最初に行った料理であるから、その末裔である私たちはつい先祖の営みを踏襲してみたくなるのだ。

電磁調理器具やシステムキッチンの利便性をしばし忘れ、野外に出て、青空の下、薪や炭の火を熾し、肉や魚を焼く。ボーイスカウトで培った技術を発揮して、巧みに火おこしする男はたちまちポイントを稼ぎ、一躍頼れる男の勲章をゲットする。今まで経験のなかった男も子どもができると遅まきながら、キャンパー・デビューを飾る。デパートには用具の売り場まであって、大枚はたいて一式揃える人もいる。しかし、ブームは加熱しすぎると、すぐに下火になる。張り切り過ぎたキャンパーたちの狼藉も目に余り、もう少しさりげなく、シンプルにアウトドアを楽しもうという向きがチェアリングなどといい出したに違いない。

あなたもチェアリングする?

去年だったか、講演で高知に出向いた際、仕事をして、料亭で食事をし、翌朝出社する必要もないのにまっすぐ帰るのももったいない気がして、延泊することにした。藁を燃やした火で焼いた、燻製風味のカツオのタタキの分厚い切り身をもう一回食べなければ、後悔するとも思った。翌日は市内で昼呑みという手もあったが、ひろめ市場も屋台ロードもすでに訪れたことがあるので、朝から遠出することにした。四万十(しまんと)川流域でサイクリングとも思ったが、あいにくの雨だったので、目的地を室戸岬に変更した。

室戸は以前、釣りで訪れたことがあり、生き餌(いきえ)用にサバとイサキを釣り、カンパチの大物を狙ったが、思うように釣れず、代わりにマダイの大物を釣った思い出がある。その時、覗いた地元の鮮魚店の品揃えが実に豊かで、水族館の魚を直売しているかのようだった。わざわざ荒海に出なくても、この鮮魚店に出向けば、何でも釣れると思ったものだった。ここに行けば、財布を気にせず、海の幸を飽食できると同行の編集者を焚きつけ、高知市内から八十キロ離れた鮮魚店を目指したのだった。

調味料、調理器具などは一切持っていなかったので、途中、百円ショップ（百均）に立ち寄り、包丁、トング、軍手、バーベキュー用の網、炭、醤油、オリーブオイル、塩などを買っておき、道中、ネットで近隣のキャンプ場情報を検索した。室戸の町から岬に向かう途中に一ヶ所、キャンプ場があることがわかったが、電話をしても誰も出ない。野外臨時居酒屋開業を思いついたものの、実現が危ぶまれたが、目当ての鮮魚店「浦戸屋」に到着した頃、キャンプ場の管理人に電話がつながった。「今日は雨だし、平日だし、誰も来ないと思ってたよ。あとで様子見に行くから、勝手にやってていいよ」という融通無碍（むげ）な対応に感謝し、早速、仕入れを始めた。

その日は漁がなかったようで、いつもよりは品薄らしかったが、それでも四万十の鮎、近海のトビウオの干物、自家製しめ鯖、刺身用カンパチ、カジキの醤油づけ、お勧めの脂の乗った鮭の切り身、そして、その場で藁で炙ってくれるカツオのタタキなどを買い込み、発泡スチロールの箱に詰めてもらった。ざっと十人前はありそうな量だったが、しめ鯖は半身で百五十円、トビウオなんて一枚百二十円という安さなので、恐縮してしまう。

前に覗いた時は店先にマダイ、キンメダイ、イシダイ、メジナ、コノハダイ、カゴカキダイ、イサキ、ウツボ、穴子、カンパチ、ヒラマサ、シマアジ、トコブシ、サザエなどが並び、「ギョギョギョ」とさかなクンみたいに大興奮したものだった。

途中の酒屋で地酒を買い、誰もいないキャンプ場へ。屋根付きの炊事場で火おこしをし、周囲に生えている蕗(ふき)の葉を採取し、これを皿に活用する。百均の包丁は使い始めなら、切れ味はよく、すぐに刺身の盛り合わせの用意ができる。食前酒の缶チューハイ、ドライバーはレモンスカッシュで乾杯、炭火がいい火加減になったところで、鮎、カジキ、鮭、干物を並べ、焼け具合を見ながら、本格的に酒盛りが始まる。焼魚の匂いを嗅ぎつけたトンビが上空を旋回し始めていた。野外での食事は食欲が三割増しになるものの、刺身にも干物にも飽きてきた頃、流しに誰かの忘れ物か、あるいは犬用の食器か、石鍋を見つけたので、それをよく洗い、炭火にかけ、余った干物や刺身を放り込み、昆布茶と塩で味付けし、レモンを搾って、スープにし、紙コップですすった。

百円ショップと鮮魚店、キャンプ場の組み合わせによって、一日限定野外居酒屋が実現した。食べ残しはほとんどなく、紙コップは燃やし、皿は蕗の葉を使ったので、ゴミはほとんど出なかった。包丁と調味料の残りを詰めた発泡スチロールの箱はキャンプ場で引き取ってくれた。そして、私たちはそのまま空港へ向かったのだった。

都内で一日限定野外居酒屋をオープンするのはなかなか難しい。公園でも路上でも火気厳禁のところばかりで、カセットコンロで湯を沸かしただけでも管理人が駆けつけてくる。屋台の営業許可を取るとか、流行りの肉フェスなどにエントリーするとか、方法もあるが、それも面倒くさい。しかし、私有地の中でそれをやるなら誰にも文句はいわれまい。一軒家の住人に頼み、その庭で営業する前提で考えることにする。

干物や刺身は酒のつまみの王道といっていいが、我らが空想居酒屋ではそれらをどう仕入れるか？　品数豊富な街中の魚屋は数が減っているが、上野・御徒町のアメ横や「吉池」に行くか、恵比寿駅前の「えびすストア」の「魚キヨ」、世田谷区松原のスーパー「オオゼキ」に行くか、選択の幅はそれほど広くない。では行きつけの居酒屋に倣い、産地直送の魚介を仕入れてみよう。ふるさと納税の返礼品も豊富だが、安定供給を優先し、全国各地の漁港のホームページを検索する。島国日本には無数の漁港があり、各地の旬の魚を冷蔵、冷凍で宅配してくれる。魚種を選ぶこともできるが、その日に獲れた魚を雑多に詰め合わせたものが比較的安価で手に入る。実際に境港や唐津の漁港の直売店を覗くと、トロ箱に入った詰め合わせが二千円くらいで買える。それに送料を上乗せされるが、しっかり氷詰めにされ、翌日には自宅に届く。その日のメニューは箱を開けてから決めればよい。複数の漁港から仕入れれば、北海道、青森、三陸、能登、山陰、九州各地の旬の魚が勢揃いし、刺身なら常時七種類、塩焼きや煮付け、カマ焼き、カブト焼きも供することができる。干物は海外の加工品の輸入が多いが、下田の老舗干物専門店「小木曽商店」のものがなかなか美味なので、オンラインで仕入れる。

生魚は三枚に下ろし、骨を抜き、軽く塩をして、吸水シートに包み、余計な水分を抜く。大きなカブトは二つに割り、カマはよく洗い、血抜きをしておく。下準備をした刺身用の生魚と干物は全て保冷袋にしまい、クーラーボックスにはビールや日本酒を入れ、包丁とまな板、調味料一式、七輪と炭、もしくはカセットコンロを用意する。それらはキャスター付きのスーツケースにコンパクトに収納する。これで臨時居酒屋の準備は整った。

居酒屋店員は忙しい。次々注文の声が飛び、それを板場に伝え、板場で刺身担当、焼き方、揚げ方、ドリンク係、洗い物担当が息つく暇もなく作業を進める。これを一人でやるとなると、千手観音となって、煩雑なオーダーに対応しなければならない。作業効率を上げるには経験を重ねるほかない。オープン・キッチンで腕をふるうシェフや板前の動きを観察するのは楽しい。無駄な動き、迷いは一切なく、右に移動する時はフライパンを返しつつ、焼き物の様子をチェックし、皿を用意する。左に移動しながら、皿に刺身のつまを置き、冷蔵庫から出した魚を切りながら、盛り付け、見栄えを良くしながら、カウンターの客に出す。また右に移動し、炒め物を完成させ、盛り付け、客に出すと身を翻し、冷蔵庫から下味をつけたチキンのぶつ切りを出し、袋に入れて粉をつけ、そのまま油に投じ、タイマーをセットする。といったような作業を滑らかに、空手の演武のように行う。

臨時居酒屋では誰もそこまでの身のこなしは求めない。基本、店員と客のあいだに敷居はない。七輪やカセットコンロを囲めば、誰もが料理人であり、酔客である。初めて、韓国は釜山を訪れた時、誰もが必ず出かけるチャガルチ市場で韓国式の刺身を食べたが、市場の一角に怪しげな雰囲気のブースがあり、釘付けになった。花札でもやっているのかと思ったら、七輪を囲んで四人の男たちが風呂場にある小さなプラスチックの椅子に腰掛け、干物を焼きながら、焼酎を飲んでいたのだ。各ブースはビニールシートの屋根と廃材

七輪を囲めば、即居酒屋となる

の柱で作られていて、薄いベニヤ板で仕切られ、一応、個室になっている。声がかかると、おばさんが焼酎のボトルや追加の干物を持ってくる。
　風呂場の椅子四つと七輪一つのユニットで、ミニマムな個室居酒屋が出現する。私がその現場を見たのはもう二十五年も前だが、自分の居酒屋を持つ計画はこの時、始動したのだった。
（二〇一九年六月）

4 「揚げ物王」はどれだ？

揚げ物は健康志向に反する気がするものの、メニューにあると、最低一品は注文せずには気が済まない。高温の油にくぐらせ、水分を適度に蒸発させ、素材の旨味を衣の中に封じ込める揚げ物は、煮物や焼き物、蒸し物では得られない満足感をもたらしてくれる。冷蔵庫に残り物の野菜しかない時でも、天ぷらにすれば、豪華になる。どの店でもメニューを若者の嗜好に合わせようとすれば、揚げ物を充実させなければならない。コンビニのコロッケやメンチ、ハムカツ、唐揚げ、ハンバーガー・ショップのフレンチフライ、屋台のアメリカンドッグ、学食のトンカツ、ミックスフライ、居酒屋の串カツ各種など、列挙するだけで胸焼けがしたら、それはもう若くないということかもしれない。空想居酒屋にもよだれを誘う揚げ物メニューを導入するにあたり、全国各地、海外の街角からも香ばしくも脂ぎった知恵を導入したいと思う。

ヨーロッパの海辺の町の定番といえば、イカフライである。小ぶりのヤリイカを輪切りにしたものに強力粉をまぶし、オリーブオイルで揚げただけの至ってシンプルな一品だが、どのレストランのメニューにもある。レモンを搾って、白ワインのお供につまむのだが、小さなエビやカニが混じっていたりして、味のアクセントになる。港近くの大衆食堂ではテイクアウトもやっていて、紙コップに詰めたイカフライをポップコーン感覚で互いの口に入れてやるカップルの姿を見かける。もう一つ、地中海の揚げ物の名物にオリーブの肉詰めがある。種を抜いたオリーブの空洞に細かくミンチした肉を詰め込み、衣をつけて揚げた、かなり手の込んだ一品だが、立ち呑みの酒場で楊枝に刺したものをつまみながら、食前酒を飲むのが、ヴェネチア滞在中の私の楽しみだった。

中東の揚げ物の代表といえば、ファラフェルだ。見た目は肉団子っぽいのだが、すり潰したひよこ豆のフライである。揚げ油と香辛料が絶妙な風味を醸しており、単なる豆のフライと侮れない自己主張がある。食後のゲップには香辛料の残り香があり、二度美味しい。

イスタンブールは地中海と黒海を結ぶ海峡の町だが、中心部にあるガラタ橋のたもとの名物といえば、鯖サンドである。海峡で獲れた小ぶりのサバを三枚におろし、大鍋の油の

オリジナル「鯖サンド」を作ってみては?

中に投じ、揚がったものをパンに挟む。船の上で調理したそれを受け取った客は、サバの身とパンを交互にちぎって食べるのだが、ランチにはこれ一つで充分である。ノルウェー産の脂の乗った塩サバを焼いて、パンに挟んで食べてみたことがあるが、これが思いのほかいける。何かを足すとしたら、タマネギのスライスとマヨネーズだろう。

ヨーロッパの北方の名物といえば、フィッシュ・アンド・チップスだろう。労働者の主食のイメージがあるが、気取ったレストランのメニューにも載っている。北海産のオヒョウを使うことが多いようだが、かなり大きな切り身に、フレンチフライがセットになっているので、食後は胸焼けとの戦いになる。ちなみにチップスとはフレンチフライのことで、薄切りのポテトチップは英語ではクリスプスという。そのフレンチフライを飽きずに食べ切るコツはビネガーをもらっておくことである。ケチャップやマヨネーズはすぐに飽きるが、ビネガーに浸けて食べると、後味もさっぱりする。ところでフレンチフライには形状問題というのがあって、皮なしの細いスティック状か、皮付きの櫛形かを巡る論争にはまだ決着がついていない。皮は土臭いし、雑味があるので無用という人、いや新ジャガなら皮付きでも可という人、スティック状のものは加工品の可能性が高いが、皮付きは正真正銘のポテトの証になるという人、それぞれの立場はあるが、それは玄そばか、更科か、の好みの違いにも似ている。個人的にはアンチョビ味や、ニンニク味、カレー味などを加味するなら皮付き、ビネガー味なら皮なしがいい。ポテトの代わりに大根に粉をつけて揚げた大根フライというのも一部では人気で、先日、立ち寄った「さくら水産」のメニューにもあった。

鶏の唐揚げは今やカレーやラーメンと並んで、日本の日常食の一角に食い込んでいる。焼き鳥や水炊きや蒸し鶏もいいが、鶏料理限定でアンケートを取ったら、唐揚げが最上位を占めるほどに人気がある。私の勤務先の法政大学の学食でも唐揚げ丼は大人気だし、唐揚げを売りにしている居酒屋は数多い。子どもの頃からお母さんの手作り弁当の定番だったという人も多いだろう。

大分県の中津市ではご当地唐揚げが人気で、街中から外れたところにポツンと建つ唐揚げ専門店の付近では、クリスマスになると、渋滞が発生するという。その噂を聞いて、私もそのうちの一軒に立ち寄り、テイクアウトしてみた。百グラム百八十円という価格設定は都内の惣菜店で買うより安いくらいで、大ぶりのものが二個か三個かある。ニンニクの下味がしっかりついたそれは、外はサクサク、中はジューシーという鉄則が律儀に守られており、油切りもしっかりされていて、コンビニで売られている油を吸ったテニスボールみたいなそれとは雲泥の差だった。一気に四つ、二百グラム弱を平らげたが、胸焼けはなかった。また買いに行きたいと思っても、大分は遠く、時々、あの味を思い出してはため息をついている。その時、地元の事情通に「中津にはケンタッキーはありますか？」とやや意地悪な質問をしてみたところ、「ありましたが、もう撤退しました」という答えが返ってきた。あのワールド・チェーンのケンタッキーに白旗を上げさせるとはあっぱれである。

関西の揚げ物代表は、やはり「串カツ」

関西で揚げ物といえば、串カツである。大阪新世界のある店の手書きの張り紙「ソース二度づけ禁止」が実質、キャッチコピーになって、全国に広まり、チェーン店も増えた。私が初めて串カツを食べたのはもう四十年も前になるか、大阪を訪れた際に友人の父親に連れて行かれたのだが、フワッとした衣に絡むウスターソースベースの甘辛いソースとの相性が抜群だった。寿司屋のガリと同じ感覚で、一本食べるごとにキャベツをかじり、口の中をリセットする。キャベツが胃もたれ予防の薬の役割を果たすお陰で、揚げ物が苦手だった十代の頃の私でも十二本食べることができた。

やがて、東京にも串カツとは似て非なる串

揚げが登場し、揚げる素材のバリエーションを増やし、洗練を加えていったが、私はやはり豚やレンコンやナス、ウズラの卵、紅ショウガなどの素材をシンプルに、いやぶっきらぼうに揚げただけの串カツが好きだ。ヤングコーンを生ハムで巻いたやつとか、トマトとモッツァレラ、タコとオリーブを組み合わせたやつとか、一工夫加えたい料理人の気持ちはよくわかるが、話のタネに一度食べてみる程度で充分だ。

以前、東大阪のおばちゃん一人でゆるく営業している串カツ屋に入った。どのメニューも一本百円なのだが、具材が大きい。豚は小ぶりのトンカツくらいあるし、ナスは一本の半分、レンコンは厚さが二センチもある。「もう少し小さくてもいいんじゃないか」というと、おばちゃんはこういった。

――小さくしたら、一本七十円にせなあかんやろ。計算が面倒くさい。大は小を兼ねんねん。

お陰で五本も食べたら、満腹になってしまい、三人分の勘定をお願いしたら、四千万円といわれ、クレジットカードを出したら、「現金なら、四千円にまけたる」といわれた。

揚げ物の横綱といえば、やはり江戸前天ぷらということになるか。江戸前とは東京湾のことで、ここで獲れた穴子、キス、メゴチ、エビなどをごま油できつね色に揚げたものが、古きよき天ぷらというわけである。まだ穴子やキスは獲れるが、江戸前のメゴチは希少になり、高級店でしか食べられなくなった。

寿司と同様、鮮度が命の料理だが、寿司は熟成させたり、酢で締めたりするので、必ずしも獲れたてを食べるわけではない。しかし、天ぷらは水揚げされたその日に、海水の塩分を感じられる状態で食べるのがベストである。黒澤明の映画『どですかでん』では、電車少年の母親役を菅井きんが演じていて、天ぷらを売って家計を支える設定になっていたが、私の少年時代には芋天十円、かき揚げ二十円という具合に天ぷらをバラ売りしている店をよく見かけた。揚げたて天ぷらが売りの立ち食いそば屋は今も少なくない。タマネギとニンジン、桜エビのかき揚げが乗ったそばは定番中の定番であるが、九州ではうどんのトッピングの一番人気はゴボウ天である。門司港で食べたゴボウ天うどんが今でも忘れられないが、靴べら状に切ったゴボウ天が半開きの扇子のように乗っていた。

ちくわ天や紅ショウガ天の安っぽさも捨てがたく、ハムカツを偏愛する心理と同様、ひなびたものに執着するのは一種のノスタルジーか。また、キャベツやケールの天ぷら、沖縄のもずくの天ぷら、生卵を油に落とし、周りに衣を散らす卵天といった変わりダネ、ゴミやタラの芽、ウドなどの山菜天もあり、天ぷらは揚げ物界では最も奥が深いのである。

天ぷら屋の厨房を覗くと、一斗缶の白絞油がストックされている。これは菜種や大豆などを絞った天ぷら用の油で、かつてスーパーなどで天ぷら油として売られていたものと同じである。ごま油やエキストラ・ヴァージン・オリーブオイルと同様、原料の香りが残る油である。不純物も重要な味の決め手になるというわけである。サラダ油というのは白絞油をさらに精製し、蠟成分などの不純物を取り除いたものだ。この工程により、油はさらっとし、原料の香りも消える。もちろん、サラダ油でも天ぷらはできるが、ごま油で揚げる伝統的江戸前天ぷらとは別物になる。そこで折衷案として、家庭で天ぷらを揚げる時には七対三の割合でサラダ油にごま油をブレンドすると、浅草の天ぷら屋やそば屋の味が再現される。ネットで白絞油の一斗缶を手に入れるという方法もあるが、そこまでするなら、いっそのこと天ぷら屋台を開店するのがよかろう。梅雨が明けたら、人々は海や山に出かけるだろうが、バーベキューセットで焼肉なんてやっている素人を尻目に、野外天ぷら居酒屋を開店し、羨望を集め、ついでに絶品天ぷらや唐揚げを一つ百円で売ってやろうかと企んでいる。

（二〇一九年七月）

5 屋台というハッピー・プレイス

昔は治安もよく、地域住民が互いに顔見知りであることの安心もあってか、街をほっつき歩く子どもが今よりたくさんいた。少子化が問題になる以前は、子どもの人口も確かに多かったのだが、外遊びを好む子どもも多かったのだろう。今の子どもは家でゲームか、塾や習い事か、いずれにせよインドア派が多そうだし、物書きなんかより多忙を極めているようで、近所の子どもとコトバを交わす機会はほとんどない。自分が子どもの頃に通った駄菓子屋は何処へ行ったのか、急に気になって、行きつけの居酒屋のある街で子どもの溜まり場の駄菓子屋を探し回ったが、これがなかなか見つからない。一個十円とか二十円の売り上げの駄菓子屋は生活の糧にはなりそうもなく、よほど子ども好きの人か、児童心理の研究とか何か別の目的でもなければ、わざわざ店舗を構えたりはしないだろう。往年の駄菓子屋の役割は現在では、コンビニが兼ねている。実際、ベビースターラーメンやうまい棒、梅ジャム、フエガムなど古典的駄菓子はコンビニでよく見かけるので、つい買ってしまうのはノスタルジーか？　とりわけベビースターラーメンへの偏愛は強く、三重県津市にある工場にも見学に行ったことがある。

　私が二日と空けずに駄菓子屋に通ったのはもう五十年近く昔のことになるが、その記憶は鮮明だ。小学校のそばを流れる川べりにあった「矢沢屋」は、主に文房具を扱っていたが、駄菓子、玩具、プラモデル、小鳥や金魚なども売っていて、常に地元小学生の放課後の社交場になっていた。子どもの平均予算は二十円で、子どもの射幸心を煽る一回五円のくじを四回楽しめる。まずカレーあられのくじを引く。ハズレでも紙袋一杯のあられがもらえるので、それを食べながら、次は串刺しカステラや麩菓子、あるいはミシン目の入った平たい箱のくじに挑む。その箱くじは大当たりだと五十円の金券がもらえるので、一ランク上の板チョコやソフトクリーム、コカ・コーラに手を出すことができる。その駄菓子屋の倉庫にはお古のパチンコ台が置かれていて、小学生は麩菓子やあんずボーを食べながら、いつか本物のパチンコに挑戦する日に思いを馳せながら、真剣に練習を重ねるのだった。

夕方四時になると、コロッケの香ばしい匂いが蘇るのも、小学生時代の刷り込みだろう。近所の肉屋ではこの時間に揚げたてのコロッケを売り出すので、それを買いに行く。私とそれほど歳も違わない見習い店員が危なかしい手つきでコロッケを揚げてゆくのを店先で眺めながら、熱々のそれを紙に包んでもらい、歩きながら食べる。あのこってりとした味わいは揚げ油にラードがたっぷり溶け込んでいたからだろう。

赤塚不二夫の『おそ松くん』には常におでんの串を持っているチビ太というキャラクターが登場するが、そのスタイルを真似て、おでんを買い食いするのが流行っていた。肉屋のそばの長崎ちゃんぽんの店頭でおでんを買うと、串に揚げボール、こんにゃく、ちくわ、卵などを刺して、手渡ししてくれた。それを風に当てて、冷ましながら食べるのが冬の楽しみだった。

モツ焼きの味を覚えたのも小学生の時だった。よく父が油紙に入ったモツ焼きを土産に買ってきたので、部位ごとの味は知っていたが、屋台で焼きたてを買ってその場で食べたほうがうまいに決まっているし、またそうすることで大人に一歩近づいた気がしたものだった。

小六の頃、ヒット曲「神田川」の影響だったか、同級生とつるんで銭湯に行くのが流行ったが、湯上がりに屋台でレバーとシロを一本ずつ買い、その場で大人と一緒に食べる楽しみの方が優っていた。モツを焼く店主に「坊や、悪いけど、ハイライト一箱買ってきてくれないか」と頼まれ、買ってくると駄賃がわりにもう一本手渡されたりした。甘辛のタレの味がすっかり病みつきになってしまい、私はモツ焼きを店頭で焼いている店を自転車でくまなく回り、食べ較べまでしていた。のちのハシゴ酒の素地はこの時にできたのかもしれない。何軒か食べ歩いた中で最も非日常的な場所は多摩川の河川敷にあった「たぬきや」である。貸しボート屋を兼ねた居酒屋なのだが、対岸にある京王閣競輪の開催日はギャンブラーたちで大いに賑わっていた。マニアックなドリンカーが好んで訪れそうなそうしたニッチ居酒屋に、私は子どもの頃から出没していたのである。大人になってから、何度か「たぬきや」を訪れたが、その佇まいは全く変わっていなかった。河川敷には仮設の小屋しか建ててはいけないらしく、廃材とトタン板でできた粗末な店はそこにいるだけでキャンプ気分に浸れた。私はここの味噌田楽が好きだったが、マニアに惜しまれつつ閉店してしまったようだ。

小学生が自分の小遣いでできる外食はその程度のものだったが、夏祭や縁日になると、そのバリエーションと予算が増え、焼きそば、焼きトウモロコシ、タコ焼き、イカ焼き、あんず飴、ソース煎餅、アメリカンドッグと目移りするほどだった。このように幼い頃の外食経験の積み重ねによって、人の味覚と嗜好は決まってゆくに違いない。アメリカ人にとっての「三種の神器」であるホットドッグ、ピッツァ、ハンバーガーはどれもが屋台で食べられ、また幼い頃から食べ続けるメニューとなるだろうし、ドイツならカレーソーセージ、韓国ならチヂミやトッポギ、ロシアならペリメニやピロシキということになるのだろう。

一連の買い食い経験は大学生になると、提供者の側に回る。学園祭の模擬店がそれだ。サークルや同好会の資金稼ぎにもなるので、学生たちは保健所に届け出をしたりして、焼きそば、タコ焼き、お好み焼き、牛丼、豚汁、チュロス、チョコバナナなどの趣向を凝らした屋台を出す。後々の失業対策をも兼ねられると考えてか、やけに熱心に取り組んでいる。十五、六年前まで勤めていた近畿大学では学園祭シーズンでなくとも、キャンパスにはタコ焼きや焼きそばの屋台が出ていて、さすが粉物の聖地大阪だけのことはあると思った。ちなみに最寄り駅から大学までの商店街に何軒の粉物関係の店があるか、数えてみたら、十一軒あった。ランチにはお好み焼きにご飯と味噌汁がつく定食もあり、週に五回粉物を食べるというのは都市伝説ではないことが確かめられた。

模擬店経験を積んでおけば、空想居酒屋開店のショートカットになるのは確実である。私が通った東京外国語大学では一年生がカルチュラル・スタディの初級編として、専攻学科ごとに各国料理を提供する模擬店を出す。私が所属していたロシア語学科では、渋谷のロシア料理の老舗「ロゴスキー」と提携し、ピロシキやボルシチ、ビーフ・ストロガノフなどを出していた。学園祭の時だけキャンパスにフランチャイズ店ができるようなものだった。私がタイ料理やペルシャ料理を初めて食べたのも学園祭の模擬店だった。ココナッツ風味でナスが入っているグリーン・カレーを見て、一瞬怯んだ記憶が懐かしい。

東南アジアは屋台料理が多彩で、三食を屋台で済ませる人も多い。自炊の力が高くつくという事情もあるが、屋台料理のクオリティが極めて高いので、ほとんど家のキッチンは無用なのである。ベトナム人は朝食にフォーを食べることが多いようだが、私も一時期、これにハマった。トロントに滞在していた頃、朝からダウンタウンにあるベトナム人街に繰り出し、フォーやバインミーの朝食を食べた。ザルにはすでに茹で上がっているライス・ヌードルが用意されていて、小ぶりのボウルに麺と薄味のスープを入れ、様々なトッピングをし、ハーブ各種と唐辛子、生のもやし、ライムを載せた小皿を添える。味付けは

タイの屋台は、一店舗でいくつものメニューを扱う

テーブルの調味料で調節する。ベトナムの古都フエには名物麵ブン・ボー・フエがあるが、この店の看板娘があまりに可愛いので、二日続けて通い、計四杯食べたのは三十代半ば頃だったか。マレーシアのマラッカの屋台で食べた肉骨茶(バクテー)も忘れ難い。豚のスペアリブを数種類の香辛料とともに薄い塩味で煮たスープを文字通り茶のようにすする。疲れている時にこれを食べると、滋養が血管に浸透した気さえしてくる。

　数々の屋台を見てきて感心するのは、調理インフラは極めて低くても、絶品を供してくれる心意気である。カセットコンロ一つと中華鍋一つで手際良く、二十種類ものメニューを一人でこなす隠れた名シェフがいる。タイ料理に関していえば、ナンプラー、砂糖、酢、唐辛子、ショウガ、ニンニク、ライムを目分量で混ぜた調味料が基本で、ソムタム（青パパイヤのサラダ）、ヤムヌア（牛肉のサラダ）、ヤムウンセン（春雨のサラダ）といった定番は全てカバーできる。これにレモングラス、コリアンダー、バイマックルー（コブミカンの葉）、プリッキーヌー（激辛唐辛子）、そしてココナッツミルクの風味が加われば、スープやカレー、炒め物まで思いのままだ。ただ、味付けには個人差があって、同じメニューでも微妙に調味料の配合が違うので、いつ行っても同じ味というわけではないところがいい。

近場では新大久保に「バーン・タム」という店があるが、ここのシェフのタムさんは仙人風の出で立ちで一人静かに厨房に座っている。客席からは瞑想でもしているように見えるのだが、カウンターで隠れた手元は動いていて、無駄な動きは一つもなくいつも満席の店内から続々入るオーダーを黙々とさばいてゆく。アジアの屋台にはこういう人材がまだ、あまた潜んでいると思われる。空想居酒屋に是非スカウトしたいところだが、拉致してくるわけにもいかないので、そのレシピやノウハウを実地で見て、盗み出すほかないようである。ちなみに料理のレシピに著作権は適用されない。

（二〇一九年八月）

6　豆腐と卵

東京下町のある豆腐屋には週に二回ほど体格のいいフランス人が体にピッタリとフィットしたレオタード姿で現れるのだという。ジョギングで一汗かき、白い顔は赤く上気し、息も上がった状態で、絹ごし豆腐を一丁買い求め、それを皿に乗せてもらい、店先で一気食いすると、「メルシー」といい残し、軽やかに走り去ってゆくのだそうだ。店主が気を利かせて醤油を勧めたりするのだが、それを断り、大豆の風味に舌鼓を打っているというのだから、かなりの通である。

体を激しく動かした後に豆腐を食べたくなる気分はよくわかる。特に絹ごし豆腐はプリンに酷似した食感で、咀嚼を省くこともでき、ほとんど飲み物といっていい。しかも、成分は大豆と水で低カロリー高タンパク食品の極みであるから、エクササイズ後にプロテインを摂取するようなものである。そのフランス人はなかなか理に適ったことをしているわけだが、モジモジくんみたいな出で立ちで豆腐を立ち食いする光景には微笑を誘われる。そのうち「走る豆腐小僧」とか、「青い目の豆腐小僧」といった異名を取るかもしれない。

豆腐小僧というのはお盆に豆腐を乗せて、にやけながら突っ立っているだけの人畜無害の妖怪だが、福助にそっくりなので、縁起物の類か。凧や双六の図柄にあしらわれていることも多いが、江戸時代のゆるキャラ、登録商標にも使われていたようである。子どもの頃、チャルメラの音色が聞こえると、母に小銭と鍋を持たされ、豆腐を買いに行かされたものだった。すでにオートバイが通り過ぎた後だと、遠くまで追跡する羽目になり、結局、店に買いに行った方が近かったなどということもあった。昔は妖怪ではない豆腐小僧の姿がどの町でも見られた。

豆腐小僧（北尾政美『夭怪着到牒』より）

豆腐小僧が豆腐を盆に乗せて運んで来たら、升酒をくいと飲みたくなるだろう。小僧の代わりに笑窪（えくぼ）が可愛い少女でもいいし、浴衣（ゆかた）が似合う妙齢の女性も大歓迎である。お盆に酒と豆腐。これだけで、そこが何処であろうと、居酒屋になる。韓国映画では刑務所から出て来たばかりの人を盆に乗せた豆腐とともに出迎えるシーンをよく見る。誕生日にワカメスープを作るのに似た独特の習慣らしい。果たして娑婆（しゃば）の味というのは豆腐の味がするものだろうか？

居酒屋メニューの豆腐料理は何種類かあるが、最もシンプルなのはいわずもがな冷奴で、ネギとショウガとカツオ節が乗ったそれに醬油を一垂らしで、立派な肴になる。やや高級な店だと、すくい豆腐とか、寄せ豆腐とか、ざる豆腐と呼ばれる作りたてが出て来たりして、これが大豆の風味が濃く、それ自体が甘いので、充実した気分になれる。沖縄では寄せ豆腐は「ゆし豆腐」と訛るが、薄く温かいだしに浸かった状態で出てくる。これが疲れた胃に優しく収まる。またアイゴの稚魚の塩辛「スクガラス」をトッピングした島豆腐も泡盛が進む前菜になる。家では酒盗（しゅとう）やアンチョビを乗せたりしているが、もっとシンプルに食べるには塩、オリーブオイルで味付けすると、豆腐自体の甘みが引き立つようだ。中華風にするなら、ピータン豆腐が定番だが、私は細かく刻んだピータン、ショウガ、ネギ、ザーサイを水切りをして潰した絹ごし豆腐と和え、ごま油と塩少々で味を調整し、それを型に入れて冷やす方法を取る。これは高級中華料理店のパクリだが、客に出すと、評価が高い。

居酒屋で湯豆腐を肴に酒を飲む姿がサマになったら、いい枯れ具合になったと見ていい。昆布だしの中で温まった豆腐をすくい、カツオ節の入ったポン酢に浸し、少し冷ましてから口に入れ、その後味とともに燗酒を一口すする。チェイサー代わりに昆布だしをお猪口（ちょこ）に注いで飲むのもいいだろう。もっとパンチが欲しいという時は韓国のスンドゥブだ。アサリなどのだしにタマネギや唐辛子、ズッキーニなどが入った豆腐鍋だが、辛味を効かせたスープにご飯を投入すれば、完璧なディナーである。麻婆豆腐もご飯なしには成立しにくいが、地方の居酒屋でお通しに麻婆豆腐の小鉢が出て来たことがあったから、酒のアテにすることもできなくはない。近頃は唐辛子と山椒を両方効かせた麻辣味の料理やスナックが増えており、これも元々は麻婆豆腐由来だから、酒が飲みたくなるような味ではあるのだ。

台湾名物の豆腐料理に臭豆腐というのがあり、夜市に行ったことのある人は周囲に立ち込めたアンモニア臭に辟易（へきえき）した覚えがあるはずだ。発酵液につけた豆腐を油で揚げ、仕上げに甘めのソースをかけて食べるのだが、若いカップルも仲睦まじくこのアンモニア臭のする料理を食べているので、きっと慣れれば病みつきになるのだろうと、チャレンジしてみたが、なるほど臭いのは油で揚げている段階であって、仕上がった臭豆腐を口に入れると、案外においは気にならないことがわかった。これも辛いスープで煮たバージョンがあるが、やはり油で揚げた方が人気がある。

豆腐加工食品の筆頭は油揚げであり、厚揚げである。豆腐店で揚げたてのものが手に入るなら、塩や醬油をもらい、その場で丸かじりすることをお勧めする。サクッとした食感はパイを思わせるので、砂糖やシロップをかけて食べても美味しいに違いない。油揚げ好きの私はそれを炙って、千切りにしたものをタッパーに常備していて、サラダにクルトンの代わりに入れたり、「刻みうどん」にしたり、沢庵やキュウリの千切りと組み合わせたりして、サイドメニューに加えている。その油揚げに納豆を充塡し、軽く炙った納豆きつねは豆腐店で売られているものを合体した居酒屋メニューといえるが、この組み合わせを思いついた無名の人を表彰したいくらいである。

日本人は概して豆腐においても鮮度にこだわる。副産物の湯葉の刺身というのもあるくらいだし、作りたての新鮮味が命だと思っているだろう。だが、中国ではこの豆腐の加工品のアイテムが多い。近頃、中華料理店の前菜でよく見かけるようになった干し豆腐は、豆腐の水分を搾り取り、塩漬けにし、板状に伸ばしたものである。食材店で売っている干

誰が思いついたか、「納豆きつね」

し豆腐はそれを塩抜きし、麺状に切って、真空パックにしたものである。炭水化物の摂取を抑えている人は小麦の麺の代わりに干し豆腐を使えばいいのである。一度、北京の下町を散歩していた折に町の豆腐店を見つけ、そこで干し豆腐を買って帰ったが、反物のように巻かれていて、その一部をちぎって食べてみると、やたらに塩辛かった。そのせいで保存性は高いが、塩抜きが結構面倒だった。きしめん状にそれを切り、たっぷりのニラと炒め、オイスターソースで仕上げてみたが、糖質オフダイエット中の麺食いには強い味方となるはずである。

アメリカやイタリアに住んでいた時は豆

腐はオーガニック・フードの店で買い求めていたが、日本の繊細な豆腐に較べると、高野豆腐になる途上にあるような代物だったので、無調整の豆乳を買って来て、鍋で熱して、にがり成分の多い塩を入れたら、自家製の豆腐ができた。ただ、塩で作ると、かなりしょっぱい豆腐になるのが惜しかった。

今回は豆腐店とコラボレーションする感覚で、豆腐に特化した居酒屋を空想してみたが、もう一つ素材を追加し、卵料理のつまみも用意しよう。物価の優等生といわれる卵は十個入りのパックで二百円、ブランド・エッグでも四百円程度と常に庶民の味方でいてくれる。冷蔵庫に何もなくても、卵さえあれば、何とか凌げる。イングリッシュ・ブレックファーストで酒を飲むのも悪くないので、まずはスクランブルエッグ、オムレツ、目玉焼き、ポーチドエッグなど卵料理の定番を試してみよう。今はなき大井町の居酒屋「大山酒場」はオムレツが人気メニューで、厨房の奥にはオムレツ係がいて、カセットコンロの前から動かず、次々と注文に応じていた。じゃこ、マッシュルーム、チーズ、ハム、トマト、納豆など様々なバリエーションがあったが、特筆すべきはそれが実に端整な佇まいを呈していたことである。表面には一切の焦げ目がなく、二の腕の筋肉を思わせるふくらみはシンメトリーで、表面の皮を破ると、半熟状態の中身が餡のように詰まっている。それは今にも流れ出しそうなのだが、決して流れ出したりはしない。このレベルのオムレツを焼くにはかなりの熟練を要するが、あの場末には名人が隠れていたのである。

オムレツはフランス料理の基本でもあり、トリュフやフォアグラやチーズやウニを入れようものなら、即座にメイン料理のステージに躍り出る。目玉焼きだってトリュフ塩をかけたり、ホワイトアスパラガスをレアに焼いた目玉焼きの黄身でフォンデュして食べれば、輝きを増す。居酒屋メニューに目玉焼きやハムエッグがあったら、それをサイドメニューにしたくなるし、焼きそばにトッピングしてあったら、得をした気分になれるし、辛ラーメンや徳島ラーメンには必ず入っているし、すき焼きにも欠かせないし、祐天寺のモツ焼き「ばん」に火曜日に行くのは、お通しがゆで卵だからだし、天ぷら店の締めには卵の天ぷらでご飯をかき込みたいし、おでんの卵は人数分注文したい。諸々考え合わせると、酒呑みにとって卵は欠かせないバイプレイヤーなのである。

無数にバリエーションがある卵料理の中で、マイベストスリーを上げるとすれば、三位には煮卵が来る。角煮やおでんのそれもいいが、八角などの香辛料を効かせたお茶で煮た卵も捨てがたい。二位にはふわふわのだし巻き卵をあげる。銅製の角形フライパンで丁寧に焼き上げられたそれはいわば、固形のスープみたいなもので、スポンジ状の卵の組織は薄味のだしをたっぷりと含んだ容器になっている。卵の甘みとスフレのような食感に香り立つだしの風味が口の中で渾然一体となった時の至福は筆舌に尽くしがたい。そして、光栄ある一位にあげるのは台湾料理の切り干し大根入りのオムレツである。ネギとともに甘辛く味つけられた切り干し大根を餡に含んだオムレツは毎日食べても飽きない。

このように豆腐と卵という基本食材のバリエーションを押さえておくだけで、ミニマリズムといえども、多様性が確保される。

（二〇一九年九月）

コラム

レモンサワー礼賛

誰がいい出したか、センベロ。イタリア語のように聞こえないこともないこの用語のせいで、安酒飲みがブームになったかもしれないが、その風習自体は昔からあった。森進一の「新宿・みなと町」にも「人を押しのけて生きてゆくより　安い酒に酔いたいね」と歌われている。

安酒飲みの原点は焼け跡の闇市にあるかもしれない。戦中戦後の食糧難の際、米も酒も配給制になると、酒が薄くなり、闇の酒が出回るようになった。供給量が少ないので、クオリティは下がり、誰もが否応なく、安酒を飲むほかなかったのである。黒澤明の『酔いどれ天使』では酒呑みの医師が消毒用のエチルアルコールを飲んでいるのに対し、ヤクザが米軍から闇で仕入れたバーボンを飲んでいるのが対比的に描かれている。あの頃から、洋酒は憧れの対象だった。五〇年代の映画の居酒屋シーンを注意深く見ていると、焼酎が四十円のところ、ビールが百二十円という料金設定になっていて、ビールは洋酒で、高級品という位置付けであることがよくわかる。その当時の居酒屋にはチューハイもレモンサワーもまだ存在せず、客は焼酎をストレートで飲んでいた。焼酎を甘くして飲むために梅や葡萄シロップを加えたものも戦前からあったようだ。五木寛之は学生時代、売血して得た金で梅割りを飲む自分を嘆く姿をエッセイに書いている。今でも下町の老舗、新宿思い出横丁、吉祥寺の「いせや総本店」など、モツ焼きや鰻（うなぎ）の串焼きの店ではよくお目にかかる。私は町田の馬肉店「柿島屋」でも毎度、痛飲してしまう。

　私が学生だった八〇年代にはチューハイはどこの居酒屋でも飲めたが、元々は高度成長期の労働者たちが炭酸で薄めて飲んだのが始まりのようだ。とりわけ、私もよく通っていた「村さ来（むらき）」などのチェーン居酒屋が普及に一役買ったようだ。レモンサワーやライムサワーは飲み口もよく、安いのでずいぶん飲んだものだが、そのうち池袋にチューハイ専門店ができ、アップル、グレープ、パイナップル、カシス、カルピスなど様々な味のチューハイをカクテル感覚で出し、焼酎の洋酒化に成功し、デート・コースに組み込まれたあたりから、完全に世代、性別を超えた万人のドリンクとなった。

やがて、麦、芋焼酎、さらに黒糖酒や泡盛などの乙種焼酎がブームになっても、チューハイの根強い人気は衰えることなく、さらに洗練の度合いを高めていった。安酒の代名詞を超越し、バーテンダーの手によるカクテルに引けを取らないチューハイを出す店もある。

東十条の「埼玉屋」といえば、モツ焼き界のレジェンドになりつつあるが、ここのレモンサワーも必飲の絶品である。シャーベット状に凍らせた焼酎に生レモンをふんだんに入れ、小瓶の炭酸水を注ぐ。ジョッキの縁にはソルティドッグ風に塩がついているので、正確には塩生レモンサワーと呼ぶべきだが、これは飲み始めと飲み終わりの味が変わらない優れものである。最初に供されるレアの牛串とともにこれを飲む午後四時四十五分はほかに比較の対象が思い浮かばないほどの至福の時である。

庶民ドリンクのレベルアップには当然、限界もある。あまり美味すぎるレモンサワーばかり飲んでいると、「安い酒に酔いたいね」のセンベロ気分を忘れてしまう。再び各地でハシゴを重ねるうちに、どうやらこのデフレ日本でセンベロの聖地の名にふさわしいのは赤羽や十条、立石、北千住ばかりではないぞと気づいた。おそらく、現在最もセンベロが熱いのは那覇である。第一牧志公設市場か徒歩圏内の栄町とその周辺は半ばシャッター通り化しながらも、やけくそのセンベロを展開する気概溢れる店がまだ残っている。千円でドリンク四杯か、ドリンク二杯とつまみ二品といった設定なので、五千円も飲んだら、倒れるのではないかと思いながら、一仕事終えた後、日の高いうちから徘徊とハシゴを重ね、トータルで六軒ほど回っただろうか？　プロセッコやレモンサワーや泡盛ロックなど次々と飲み干し、最後に変わりチューハイに行き着いた。それはチューハイにガリガリ君ソーダ味（小）をスティックごと差し込んだものだった。これはかなりB級だなと思いながら、飲んでみたところ、缶チューハイ独特のフレーバーがあり、気がつけば三回もお代わりしていた。もちろん、その報いはひどい二日酔いとなって現れたが、翌日はゆし豆腐やアサリ汁、ウコンサワーで見事、復活し、二千円でおでん食べ放題という「2センベロ」にも挑戦したのだった。

今日も行きつけの居酒屋で「いつもの」といえば、出てくる梅干しサワーを飲みながら、酒をソーダで割って飲むこと自体に何がしかの中毒性がある

那覇市安里の栄町市場とその周辺は、昭和の雰囲気が残る味わい深いエリア
もつ焼 あぶさん
栄町店 ☎884-0172
もつ焼 あぶさん
もつ焼 あぶさん
ビールケースを活用してテーブル席に
ドラム缶の立ち飲みスタイル
三回お代わり
最後にガリガリ君サワーに行き着く
うまい★
プロセッコ、レモンサワー、焼酎ロックを飲み干し…
二千円でおでん食べ放題という「2センベロ」にも挑戦
翌朝はゆし豆腐、あさり汁、ウコンサワーで復活
沖縄のおでんにはテビチ(豚足)や青菜が入っている

のかもしれないと思った。オーストリアやスペインの街角で昼からいい気分のおっさんたちは大抵、ワインをソーダで割ったスプリッツァーを飲んでいる。ヴェネチアではそれでは物足りないようで、ワインにカンパリかアペロールを入れ、ほんの少しソーダを加えたカクテルをスプリッツと呼んでいる。私はヴェネチアでグラッパとソーダを注文し、両方をグラスに注ぎ、レモンを浮かべて飲み始めると、バーテンが「それ何?」と訊くので、「グラッパ・レモンサワー」と答えた。しばらく日本の居酒屋から離れて暮らしていたので、つい里心がつき、自作してしまったのだが、これはゲップの後味がいい。ちなみにゲップはアルコール分の摂取と排出の両方を促す効能もある。すなわち早く酔い、早く醒めるということで、酒呑みがソーダ割りを好むのは理に適っているのである。

7　空想「鍋フェス」

総武線に平井という地味な駅があり、過去に一度しか下車したことがないのだが、その時は、「豊田屋」という居酒屋を詣(もう)でるのが目的だった。ここは鍋物が名物で、どの客の目の前にもコンロがあり、湯気が立っていた。アン肝や白子がたっぷり入った鍋が人気らしく、私も肝入りのアンコウ鍋と刺身を二種類、注文した。

まもなく具がてんこ盛りの金属の鍋が出てきた。アンコウの身も肝もたっぷり入っているので、連れに遠慮する必要はなく、むしろがっついて食べなければなかなか減らないボリュームだった。ネタは新鮮で、臭みもなく、汁も甘過ぎず、辛過ぎず、酒が進む味付けだった。意外とあっけなく腹に収まった後、まだ胃袋に余裕があり、何を追加注文しようかメニューを眺めていた。こんな時、常連客はどうするのか、店内の様子を窺うと、別の鍋を追加注文している人が多いことに気づいた。アンコウ鍋や白子鍋を前菜にし、メインに牛鍋やカモ鍋を食べるという型破りを平然とやってのけている。確かに鍋物は一種類しか食べてはいけないという掟はなく、ただ何となく、「大食い選手権じゃないんだから、ダブル鍋はやめておこう」と思っているだけである。私は常連客に鼓舞されるように、カモ鍋を追加し、四杯目の酒も注文した。

「ダブル鍋」がOKとなれば、どの鍋にしようか迷ったり、選択を後悔したりする必要がなくなり、アンコウとカモ、白子と牛肉といった合わせ技の妙だけを考えればよいということになる。「豊田屋」で二回目の鍋として最も人気があるのはカモ鍋だが、これは琵琶湖名物にもなっている。シベリアから越冬のために飛来したマガモを使ったカモ鍋は首から腰にかけての骨と軟骨を砕いてミンチにし、醤油味のだしに加えることで旨味を凝縮させる独特の方法を取る。この骨ダンゴも食べられるが、胸や腿、内臓の肉で充分かもしれない。たっぷりだしを含んだ青ネギ、芹(せり)、焼き豆腐もいいが、締めのカモ汁そばがまた絶品だった。カモ肉は処理する際にあえて血抜きをせず、血を旨味の素にする。以前、中華の名店でカモの血鍋というのを食べたことがあるが、まさに血のソーセージ「ブーダンノワール」を思い出させる濃厚で甘いシチューになっていた。

鍋は「オールインワン料理」の代表

夏が十月の半ばまで続く昨今の東京だが、ある日を境に急に冷え込むので、突然、鍋物が食べたくなる。鍋料理にも数多くのバリエーションがあり、また地域差やお国柄がよく出る。味付けも水炊き、醬油味、味噌味、麻辣味、ヤンニョム味、カレー味など多彩だし、具も野菜、肉、魚介、加工食品、ゲテモノ、入れてはいけないものなどないという懐の深さがある。また調理の手間もあまりかからず、素材を切って、鍋に放り込むだけだし、カセットコンロと鍋があれば、何処でもできる。多くの具材を一度に摂取できるので栄養価も高く、スープ、メイン、締めが一つの鍋の中で完結するところはラーメンと並んで

「オールインワン料理」の代表といえる。

　相撲部屋では食事全般を「ちゃんこ」と呼ぶが、伝統的に鍋物がその中心を占める。国技館のある両国には「ちゃんこ」の店が集まっているが、その老舗の「川崎」では醤油味の「鶏鍋」を出す。これもあっさりしていて悪くないが、やはり鶏鍋といえば、白濁した濃厚なスープが売りの博多名物「鶏の水炊き」には敵(かな)わない。鶏ガラや手羽先を何羽分も大鍋に入れ、最初に入れた水が半分になるまで強火で煮出すこと約八時間でようやくでき上がるという代物で、これを家庭で作るのはなかなか難しい。このスープさえ手に入れば、腿肉や胸肉はもちろん、白菜や餅を煮ても、うまくなるに決まっている。韓国のタッカンマリや参鶏湯(サムゲタン)は「鶏の水炊き」の丸鶏バージョンということができる。こちらも特別仕様のスープで丸鶏を煮るレシピの店のものがうまい。参鶏湯には朝鮮人参やクコの実、棗(なつめ)、ニンニク、その他の漢方素材の風味がスープに溶け出し、丸鶏の腹にはもち米が詰め込んである。

　ニューヨークで暮らしていた頃、よくスーパーで鶏ガラを買い、チキンストックを作っていた。食肉加工の技術が雑な分、ガラにも肉が結構ついており、六羽分のパッケージで二ドルもしなかったので、貧乏暮らしの身にはありがたかった。肉はこそいでサラダやバンバンジーにし、そのスープにマッシュルームを加えて炊いたチキンライスを常食にしていた。もう少し贅沢をしたい時は丸鶏と豚の肩ロース、そして金華ハムを大鍋に入れ、沸騰させないよう弱火で六時間ほど煮て、清湯（チンタン）スープを作った。これは中華料理でフカヒレやアワビを煮る際にも用いる万能のだしとなる。もちろん、鍋物のスープにも応用できる。

　中華の鍋料理の代表といえば、重慶火鍋だろう。近頃は池袋の新中華街などでよく目にするが、一度この洗礼を受けると、病みつきになってしまう。鶏ガラやもみじなどから取ったスープには山椒、ショウガ、唐辛子のほかにも香辛料が大量に混じっていて、表面には真っ赤に色づいた牛脂が浮かんでいる。肉、野菜、豆腐、湯葉などの具材のほかにドジョウ、豚の脳みそや牛の食道などの風変わりな食材もふんだんに投入し、ニンニク入りのごま油に浸して食べるのだが、やがて舌が麻痺し、額から汗が吹き出てくる。重慶に出かけた折、土産にインスタントの火鍋の素を買って帰ったが、これは日本のカレールーくらい多くの銘柄があった。初めて火鍋を食べたのは四川省の成都だったが、あまりの辛さに辟易し、この辛さを消し去るいい方法はないのかと店員に泣きつくと、「もっと辛いものを食べれば、今の辛さは忘れる」と過酷な答えが返ってきたのをよく覚えている。また別の機会に上海の路地裏にある火鍋屋で夜食を取ることになったが、路上のテーブルに案

次はクエ鍋にいつ出会えることか

内され、鍋をつつくすぐ脇をバイクが通り過ぎるというようなこともあった。

激辛の火鍋と較べれば、概して日本の鍋物は淡白で薄味だ。あっさり鍋の極を湯豆腐に置くと、ポン酢で食べるフグちりやタラちりがそれに続く。魚介メインの鍋はバリエーションが豊かで、その最高峰はやはりクエ鍋であろう。滅多に釣れる魚ではないが、脂とゼラチン質をたっぷりと蓄えたその身は悶絶するほどの美味である。唇が分厚く、醜いハタ科の魚は総じて、鍋向きで、新鮮なものはアンコウと同様、内臓に滋味がある。近頃はブリのしゃぶしゃぶも人気だが、昆布だしにくぐらせて食べる分にはどんな魚でもよく、タイ、ヒラメ、寒サバやイワシ、イカなどを刺身で食べ、飽きたら、しゃぶしゃぶにするという手がある。

　変わったところでは北海タコやアワビのしゃぶしゃぶというのがある。前者は冬の稚内（わっかない）の名物で、スレンダー美女のふくらはぎくらいあるタコの脚を半分凍らせて、薄くスライスし、レタスとともに昆布だしにくぐらせ、甘めのポン酢で食べる。アワビも薄切りの場合は肝を叩いて、醤油やポン酢と合わせ、一味唐辛子を入れたタレにつけて食べると、絶品である。食感が似ているエリンギを薄くスライスし、一緒に食べれば、アワビの量が増えたように錯覚できる。生のワカメやめかぶが手に入れば、しゃぶしゃぶにして食べるのもお勧めである。湯に入れた途端、鮮やかな緑色に変わるので、視覚的にも楽しい。しかし、ぬるっとしためかぶは箸で摑んでもすぐに逃げるので、食卓では大騒ぎになるだろう。豚しゃぶはおそらく最も家庭にも普及した鍋物だろう。ダイエットのつもりで毎日豚しゃぶを食べているという知り合いもいる。ニンニクとショウガのかけらを入れた湯に豚肉の薄切りとたっぷりのエノキ、ネギ、ニラを入れるシンプルなものだが、いくら好物だとはいえ、毎日食べるのは飽きるだろう。その人はポン酢、そばつゆ、ごまダレ、麻辣ダレと毎回、味を変えているというので、鍋にカレールーを一つ入れれば、カレーしゃぶしゃぶになると入れ知恵した。

瀬戸内寂聴さんから京都の「大市」でスッポン鍋をおごってもらったことがあるが、あれを超えるスッポン鍋はまだ食べたことがない。轟音を立てるコークスの火にかけ、分厚い土鍋の底が真っ赤になった状態で銅製の覆いとともにテーブルに供されるのだが、煮えたぎるスープの中にはスッポンの切り身しか入っていない。余計なものを一切入れず、ひたすら客にスッポンを食べさせるのだ。たちまち体温が上がり、汗をかく。もちろん締めは雑炊なのだが、強壮の素になるエキスが溶け込んだスープの味を思い出すだけでも目が充血してくる。家でもスッポン鍋を食べてみたいと思い、上野のアメ横の地下街にスッポンを買いに行ったことがある。自分で下ろすのは嫌なので、店の人に頼んだが、血の焼酎割りのショットが六杯サービスでついていて、その場で全部飲む羽目になった。甲羅とともに切り身を持ち帰り、内臓は刺身で食べ、身は土鍋で煮て、焼きネギを脇役にしたが、「大市」のだしには全く及ばなかった。

冬の間、相撲部屋のように一日置きに鍋物をしていたのは、まだ息子が家にいる頃だった。家族が減ると、鍋物の頻度は減るが、一人鍋というジャンルもあるので、懲りずにそのバリエーションを増やしている。近頃は肉も魚介も入れない菜食者用の鍋を色々試している。キノコだけを何種類も醤油味のスープで煮るキノコ鍋、小松菜と油揚げをたっぷりの酒と醤油だけで煮る精進鍋、湯葉と麩を肉に見立てた擬製鍋、豆もやしだけを薄味のだしでじっくり煮たもやし鍋などは二日酔いの日、食欲がない日でも食べられた。

山形の秋の名物「芋煮」も鍋物の一種で、大鍋に牛肉と里芋をメインの具にして醤油と砂糖で甘辛く煮たのを河川敷などに集まった人々が一斉に頬張る秋祭りもある。空想居酒屋では「芋煮」の進化形としての、「鍋フェス」を提案する。ある秋日和に、公園や河川敷にカセットコンロを七つ並べて、大きな輪を作り、七種類の鍋を用意する。その内訳はしゃぶしゃぶ用鍋二、肉用、魚介用で分ける。濃い目の醤油味のスープを張った鍋はカモや豚やスッポンを煮るのに使い、味噌味のスープを張った四番目以降の鍋には肉も魚介も雑多に入れる。五番目の鍋は火鍋の麻辣スープ、六番目の鍋にはカレー味が付いている。そして、七番目の鍋は闇鍋で味付けも不明、何が入っているかわからず、また何を入れてもよいことになっている。集まった人々は好みの鍋の近くに陣取り、各コーナーのポリシーには従うものの、食べたい具材を自由に食らう。飽きたら、また別の鍋に移動する。この方式なら「豊田屋」の「ダブル鍋」を超える「トリプル鍋」「マルチ鍋」が可能になる。

（二〇一九年十月）

8 空想居酒屋の「炊き出し」

消費増税直後は、個人商店のみならず、チェーンのレストラン、居酒屋の閉店が加速した。給料が上がったのは公務員だけで、最低賃金も上がらないし、負のスパイラルから抜け出せそうな気配が全く感じられない昨今、食事や飲酒のスタイルも徐々に貧乏くさくなっている気がしてならない。それをある程度見越した上で、空想居酒屋の構想を練っているのだが、実際にそれが路上に出現する可能性が一気に高まったかもしれない。

少し前まではチェーンの居酒屋や串カツ店、ファミレス、王将、日高屋、幸楽苑といった大衆中華料理店で飲むのが、長期デフレ時代の「身の丈に合った」飲み方だった。だが、ランチに千円払うのが痛い、ほろ酔いに二千円は出せないといった層が拡大するにつれ、チェーン飲食店の経営も厳しくなった。コアな客層をつなぎ止めるためには値上げはできないし、消費増税や原料コストの高騰にも対応しなければならない。その結果とし

シャッター通りと化した路地裏の飲み屋街

て、賃金も上げられず、雇用を削減し、サービスが低下するという負のスパイラルに陥る。

　個人経営の居酒屋、レストラン経営の厳しさはいわずもがなである。何とか常連客の愛顧に応えているところは、自宅と店舗を兼ねる職住一体型ゆえテナント料がかからないか、家族経営で人件費を削減できるか、趣味と奉仕の心意気を持っているかだろう。まさにギリギリの攻防戦を展開しているのである。

　業界利権を貪り、下々を搾取し、富を独占する富裕層は資産の利回りだけでも優雅に暮らせる身分なので、高級寿司店や星付きの割烹、レストランで日常的に飲食している。こちらは震災や戦争や食糧難が起きようと何処吹く風で、「貧乏人はこんなものを食べているのか」と時々、驚くだけだろう。中間層は年に一度か二度、高級店に行き、普段はビブグルマンでコスパ重視のビストロや大衆割烹か、ファミレスに行く。そして、貧困層は給料日にファミレスに行き、普段はコンビニで済ます。だが、イートインは軽減税率の対象外なので、貧乏人は外食するなといわれているも同然という状態だ。貧困は子どもにも波及し、食事を満足に取れない子どものための食堂が各地にできているが、まだ数は少ない。本来は、一機百四十一億円もするポンコツ戦闘機F35Bを数機キャンセルするだけで、各地に子ども食堂を作るだけでなく、台風や地震や原発事故の被災者をケアする避難所の待遇改善もできるはずだが、政府はやる気がないので、その穴埋めをボランティアがやっているのが現状である。

そこで私は考えた。空想居酒屋が現実に出現することになれば、子ども食堂を併設することもできるし、避難所のそばに臨時で作れば、被災者や避難者にも食事を提供できるだろう、と。そのためにより具体的なマニュアルを作る必要がある。この秋の台風被害の際も政府の対応の遅れが問題となったが、体育館に雑魚寝（ざこね）という避難所のスタイルは全く改善されない。そのことを国会で問題視した森ゆうこ議員が比較の例としてあげたのはイタリアの避難所の待遇だった。そこでは仮設のテントが設営され、プライバシーが確保され、ベッド、エアコン完備、食事も徐々に改善され、最後はシェフが登場し、ワイン付きのフルコースが振る舞われた、と紹介された。調べると、ポピュリストの代名詞ともいえるイタリアのベルルスコーニがラクイラ地震の際に公費で手厚く保護することを被災者に公約したようである。数々のスキャンダルにまみれ、国民の軽蔑の的だったが、こうした対策を人気取りの一環として講じていた。

空想居酒屋実現のハードルは極めて低い。カセットコンロとテフロン加工のフライパンがあれば、そこはもう居酒屋、というのが売り文句なので、誰でも、いつでも、何処でも始められる。料金を取れば、商売だが、無料にすれば、炊き出しになる。都内各所では曜日ごと、時間ごとにホームレス支援の団体や教会が定期的に炊き出しを行っていて、それを巡回していれば、かろうじて食べつなぐことができそうだ。たとえば、月曜日の九時半に麴町の聖イグナチオ教会に行けば、礼拝の後、カレーとコーヒーが、十一時半に隅田川の桜橋に行くと、うどんが、水曜日六時に新宿の虹インマヌエル教会ではハヤシライス、毎朝五時半に渋谷宮下公園の階段下に行けば、おにぎり二個の配給が受けられる。ほかにもカレーや味噌汁のぶっかけ、弁当、サンドイッチなどが食べられる場所もある。炊き出しに依存した場合、炭水化物中心の食生活になる。

おにぎりやパンに偏るといわれる被災地の配給だが、温かい食べ物が供されるとありがたみが倍増するはずだ。自衛隊の炊き出しではカレーがよく知られているが、大鍋でカレーや味噌汁を煮るのが炊き出しの基本パターンとなる。前回、鍋物の饗宴を提案したが、それこそカセットコンロの上に大鍋をセットし、何種類かのスープを注ぎ、野菜や肉、魚介をセルフで煮て食べれば、何処でも巡業中の相撲部屋の食事状態になるだろう。鍋物は野菜も豊富に摂取でき、理想的な栄養のバランスの食事になる。大鍋

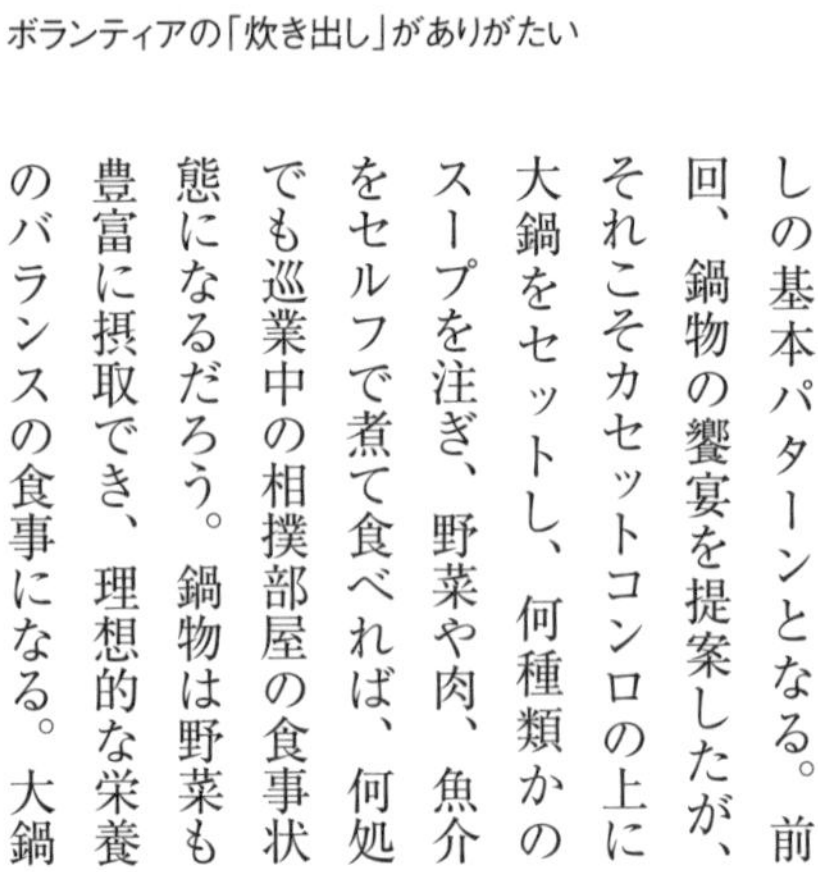

ボランティアの「炊き出し」がありがたい

に油を注ぎ、鶏の唐揚げや野菜の天ぷらを次々と揚げれば、大人数の食事も対応できる。また、大きなバーベキュー・コンロに薪や炭の火を熾しておけば、魚や肉、野菜を勝手に焼いて、食べることもできる。実際、客が炭火を借りてセルフで焼き鳥を焼く居酒屋もあるし、青森のストーブ列車では乗客がだるまストーブの上でアタリメを炙っている。

カレーといえば、駐日インド大使館は阪神・淡路大震災の時以来、大きな災害に見舞われると、カレーの炊き出しを行う。大使館員の中に伝統のカレー作りに長けた人も少なくないのだろう。私もコルカタで屋台のカレーを食べたことがあるが、文字通り、いつでも何処でも作れるものであることを確認した。被災地では地面で廃材などを燃やし、土器を火にくべ、油を入れ、材料の鶏肉やタマネギやニンニク、香辛料、調味料を入れ、焦げ付かないように長い木杓子でひたすらかき混ぜる。油で煮る感覚である。屋台ではそうして作ったカレーをやはり素焼きのポットに入れてテイクアウトする。おにぎりとパンの食事に飽き飽きしていた被災者はこの本格インドカレーの炊き出しに行列を作った。

『聖者たちの食卓』という映画がある。インドはパンジャブ地方のシーク教の総本山「黄金寺院」では、そこを訪れる巡礼者や旅行者たちのために毎日十万食の無料の食事を施す。調理や片付けをするのは、全てボランティアで、完全なる分業制が敷かれている。ニンニクやタマネギを刻む係、チャパティを練る係、整形する係、焼く係、大鍋で素材を煮る係、配膳係、食器洗い係などが黙々と働く中、大講堂に続々と巡礼の老若男女たちが入ってきて、行儀よくその食事を平らげてゆく。映画は一切の解説もなく、ただ淡々とその圧巻の食事風景を映し出す。ただ、それだけの映画なのだが、妙に心を打つのはなぜだろう。自分もいつかその食事にあやかりたいと、思わず「黄金寺院」への行き方を調べてしまった。

日本人が最も飢餓に晒されていた時代といえば、それは終戦後の二年間であろう。配給制は戦時中から始まったが、戦後の食糧難は深刻で、配給食糧だけでは足りず、闇で配給切符を手に入れるか、闇市で仕入れるほかなかった。備荒食(びこうしょく)なるものが登場し、トンボの佃煮やゲンゴロウの天ぷら、タンポポのおひたし、トカゲの塩焼きなどが奨励されたりした。大豆やどんぐりを使った代用コーヒーも登場し、公園の花壇には麦やキャベツが植えられ、日比谷公園は日比谷農園に変わり、川の土手や線路脇はトウモロコシが植えられ、競馬場も広大な芋畑に変わり、庭には油を取るためのヒマワリが植えられた。闇市では米軍御用達の売店や外国人専用食堂から出る栄養価の高い生ゴミの争奪戦が行われていた。
そんな食糧難を乗り越えた私の両親の世代はすき焼きやトンカツが食卓に並んでいるのを見ては、感慨深そうに「こういうものが普通に食べられるようになったんだねえ」と呟いていた。敗戦から二十五年経過し、七〇年代に入ると、「飽食の時代」というフレーズが登場した。それから三十年くらいは「飽食の時代」が続いたが、世紀が変わると、にわかに粗食への回帰が謳われるようになった。戦時下、終戦直後の「飢餓の時代」が再び巡ってくるとは思いたくないが、政治が戦前回帰を志向しているということは、悪夢再来の危険がないとはいえない。その時、都内各地の炊き出しが行われているようなところには闇市の屋台が出現しているのだろうか？　空想居酒屋が現実化し、普及すれば、自ずとそのような光景を目の当たりにすることになる。

（二〇一九年十一月）

9 魅惑の寿司屋台

コスパ重視のハシゴ酒が長期的ブームになっているのは、経済停滞の明白な証ではあるのだが、どんなスタイルで飲もうと、酔えば都。酒は酒。都内に酒呑みの聖地はいくつもあるが、葛飾区の立石に話題が及ぶと、行ったことのある者同士は、どの店に行ったか、あの店の味はどうか、こんな穴場がある、と三十分話題を持たせられる。

私も年に四度は立石詣でをする。じきに駅周辺の再開発が始まるというから、あの昭和の香りがプンプンする魅惑のアーケード仲見世通りも姿を消してしまうのだろう。昭和を三十年間生きた人間としては哀惜の念を禁じ得ない。ほとんど永井荷風の気分で今のうちにノスタルジーに浸れるだけ浸っておこうと思う。

最初に訪ねるのは改札を出て跨線橋(こせんきょう)の階段を降りてすぐ、仲見世通りの入口のところにある「栄寿司」と決まっている。この店に気取ったところは微塵(みじん)もなく、引き戸を開け

昭和の風情漂う「栄寿司」

ると、そこにはカウンターがあるだけ。ここは立ち食いの寿司屋で、客はカウンター越しに板前と向き合い、タイミングを狙って、食べたいネタを注文し、胸を詰まらせない程度に早食いして、三十分未満で立ち去ってゆくファーストフード店なのである。といっても、チェーン店でもなく、ベルトコンベヤーがあるわけでもなく、マニュアル通りの口上も無料の笑顔もなく、元優男の大将が手際よく寿司を握りながら、常連客と話を交わし、女将があがりを用意する町の寿司屋である。店の前には常に行列ができており、カウンターにしがみついて一時間以上粘るような客はほとんどおらず、誰もがふらっと来て、好みのネタを八貫ほど食べて、次の客に場所を譲る。ほとんど立ち食いそば感覚の寿司屋なのである。

どのネタも一貫百十円か二百二十円、大トロでも三百三十円だが、そのクオリティは高く、近所にあったら、毎週通いたい。鯛の昆布締めは湯引きした皮もついているし、小肌の酢締め具合も絶妙、煮ハマグリや煮アワビ、煮穴子といった江戸前の煮ネタシリーズはどれも丁寧な仕事ぶりで、貝のプリプリ感、穴子のふわふわ感も際立っている。甘ダレも甘過ぎないのがいい。赤貝はまな板に叩きつけると、反抗的に反り返る鮮度で、シャリの上で立体的に存在を主張している。ここは貝の種類がいつも豊富で、ミル貝、ホタテ、平貝、ホッキ貝、ツブ貝、トリ貝、青柳なども揃っている。その日にあれば、金目鯛などは特にお勧めで、適度に脂が乗ったその食感に目が一回り大きくなる。ここの甘さを抑えたガリも絶品だ。

栄寿司は屋台の寿司屋という分類もされているようだが、本来、寿司はそばとともに江戸のファーストフードであった。以前、南千住を散歩していたら、正真正銘の屋台の寿司屋に遭遇したことがある。その寿司屋は縁日の屋台のように通りにカウンターをおき、板前が一人で立っている。屋根はないが、「寿司」と染め抜かれたのぼりが立っていて、ネタは氷を敷いた木の箱の中に入っている。カウンターは三人分のスペースしかないが、その場で握ってもらった寿司を頬張る。志賀直哉の有名な短編に『小僧の神様』というのがあるが、寿司を食べてみたくてたまらない丁稚の小僧がマグロの握りを手に取るが、値段を聞いて、返すというシーンがあり、それを傍で見ていた「神様」が板前に金を渡し、今度、あの小僧が来たら、腹一杯食わせてやれという。そんな話だが、おそらく舞台となった寿司屋は、通りがかりに二、三貫つまんでゆくような屋台だったに違いない。

そういえば、それに近い雰囲気の寿司屋は羽田空港第一ターミナルのヤキュリティ・ゲートをくぐった先にあった。出発ゲートラウンジ内の一角で立ち食いで気軽につまめるような仕様になっている。私はこういう屋台の寿司屋をヴェネチアで開業するという夢を抱いたことがあった。ヴェネチアほど酒呑みにフレンドリーな町もないと思うが、ここではバーカロと呼ばれる気軽な立ち呑みの店が無数にある。カウンター越しに飲み物を注文し、現金と引き換えるのだが、人気店はカウンター前に二重の人垣ができている。ここで出すつまみはチケッティと呼ばれるノィンガーフードで、オリーブとタコを楊枝に刺したもの、グリッシーニに生ハムを巻いたもの、アンチョビやカニサラダのカナッペなどを食べながら、プロセッコを飲む。

ヴェネチアは魚市場が充実しており、リアルト橋脇のマーケットに午前中に行けば、鮮度抜群の魚介類が種類豊富に並んでいる。それが生食可能かどうかの目利きくらいは私もできるので、よくマーケットを一周し、寿司ネタになりそうなアイテムを数えたものである。ヴェネチアではよくカルパッチョで食べられるスズキは昆布締めにし、穴子の代わりに鰻を煮る。アジとイワシは生でもいいが、サバは酢で締める。マグロは赤身と中トロ、白身はハタやヒラメ、キンキをよく見かけた。イカはヤリイカとダルマイカの二種類は常時、手に入り、タコ、ホタテ、ハマグリも揃っている。アトランティック・サーモンも安いし、エビは大小様々ある。日替わりで十二貫のおまかせ握りを供することはできるだろう。

目下、ヴェネチアに寿司屋はないので、リアルト橋のそばのバーカロを借りるか、アパートの前の路地、広場の片隅に屋台を出す許可をもらえば、たちまち評判となり、長蛇の列ができるだろうとヴェネチアの友人と盛り上がった。寿司屋の調理インフラはごくシンプルなもので充分だ。魚も貝もあらかじめ下処理をして、クーラーボックスに入れておけばいいし、酢締めや煮物の仕込みをしておき、酢飯はジャーに入れて持ってゆく。屋台では必要に応じて、バーナーの火で炙りを入れるくらいでいい。カセットのコンロの上にはあらの味噌汁、ポットにはあがりを用意しておく。用意したネタが尽きたら、店じまい。おそらく開店から三時間で売り切れるだろう。その日にマーケットに出た魚介を調理するので、仕込みに三時間はかかるから、開店は午後四時くらいで、店じまいは午後七時。本格的な食事の前のアペリチーフの感じで一人四、五貫つまんでもらうくらいでいい。八時には片付けも終わり、板前の私も飲み歩きに出かける。

ニューヨークに住んでいた頃は自分の行きつけの寿司屋を持っていた。ミッドタウンの高級店ではなく、グリニッジヴィレッジのこぢんまりした大衆店だった。アメリカの寿司はロールが豊富で、この手のアメリカ化したキワモノ寿司も悪くなかった。アボカドとカニカマのカリフォルニア・ロール、鮭皮を焼いたものを巻いたサーモンスキン・ロール、脱皮直後の渡り蟹ソフトシェルクラブを油で揚げたものを巻いたスパイダー・ロールなど様々だった。高級店は毎日日本から空輸したネタを使っていたが、大衆店はニューヨークの近海ものをよく出していた。中でも絶品だったのはロングアイランド産のヒラメだった。これは昆布締めが最高だった。生食できるハマグリ、チェリーストーン・クラムも美味かった。

日本の名店での修業は長い回り道を強いられることもあるが、ニューヨークにある寿司アカデミーでは実践的な研修が受けられ、即戦力としてすぐに何処かの寿司バーで雇ってもらえるらしい。十数年前、知り合いから一通のメールが届き、アッパーウエストサイドの寿司バーで私の中学時代の同級生という男に会ったと報告があったので、冷やかしで行ってみたら、確かに見覚えのある顔がいた。彼も寿司アカデミーで研修を受け、中国人経営者に雇われたらしい。聞けば、日本にいられなくなる複雑な事情があったようだが、ニューヨークではアメリカ人と結婚し、よろしくやっているようで何よりだった。身の上話を聞いたお礼のつもりか、サービスでヒラメの薄造りを出してくれた。

二十六年前にベルリンで食べた寿司のことも忘れ難い。ドイツではまだ寿司はニューヨークほどは普及しておらず、ドイツ人の板前もぎこちなかった。私が日本人だとわかると、急に緊張の面持ちに変わった。丁寧に握ろうとしていることはわかったが、肩に力が入り過ぎていて、嫌な予感がした。差し出されたサーモンの握りを口に入れると、シャリがやけに硬かった。どうやら、渾身の力で握ったと見え、嚥下（えんげ）した後、胸が詰まった。「リラックス、リラックス」と声を掛けると、引きつったような笑いを浮かべたが、次のマグロの握りも硬かった。四貫食べただけで消化不良を起こしそうになり、早々に引き揚

シャリは骨、ネタは肉、醤油は血

げたが、その時の板前の悪びれたような顔が印象に残っている。寿司の味の六割はシャリが決めるというが、そのドイツ人がわかっていたかは怪しい。酢、砂糖、塩で味付けした酢飯は米の漬物みたいなもので、それこそネタなしのシャリの握りだけでも味わい深くなければならない。ところで、シャリが仏舎利、すなわちお釈迦様のお骨を意味し、粒状に砕けたお骨にも似た酢飯に、海鮮の産物を合わせたものが握りである。シャリは骨、ネタは肉、醤油は血である。お釈迦様の聖体をありがたくいただく儀式が寿司には含意されていることを意識している人はそう多くはない。

（二〇一九年十二月）

10 健康度外視珍味偏愛

体に悪いものは美味で、健康にいいものは味気ない。などと嘯いているあいだに、健康診断の結果がイエロー・シグナルだらけになってしまった。もちろん、自業自得と心得ている。だから、相変わらず、塩分を控えようとか、糖質オフにチャレンジしようとか、酒量を減らそうとか、プリン体に気をつけようとか、脂肪少なめのものにしようとはしていない。まだ煙草吸ってるんですか、ともいわれる。世の健康志向に水を差す気はないが、健康に神経質になるあまり、ストレスを抱え込んだら、その分、早死にするだろう。そんな開き直りから、私は一切の食事制限をしていない。健康診断書は他人に見せびらかすものではないが、私は脂肪肝で、γ－GTPや中性脂肪、コレステロールの値も要注意レベルだし、血圧も高めで、近頃は尿酸値が上がり、痛風前夜の状態だ。

医者に勧められ、食習慣を改めるブリーフィングを受けさせられたが、栄養士のいうことは全て了解しており、何ら新鮮味もないので、退屈しのぎにある夜の食事のメニューを詳細にわたって話したところ、栄養士が呆れていた。食習慣を改める気がないなら、せめて適度な運動をしてくださいといわれ、週に一回、近所のスポーツセンターに通い、地元の老人たちに混じって、マシーントレーニングと水泳をするようになったら、腹もへこみ、筋肉もついてきたので、食欲が増進し、酒にも強くなってしまった。

やや荒廃した街にも似たこの肉体、スラム・ボディを作り上げたのは居酒屋であることはいうまでもない。スラム・ボディは一朝一夕にしてならず。長年にわたる胃袋へのアメとムチの結果だ。空想居酒屋では、そうしたボディビルダーにとってのプロテインのようなアイテムを常時揃えておかなければならない。

まずは塩分過多のつまみ。居酒屋のメニューは塩辛い物には事欠かない。塩辛、酒盗、明太子、沢庵、キムチ、干物などなど。中でもとりわけ塩分が高いのは、新潟県村上の塩引き鮭、石川県のへしこ鯖だろうか？　減塩の圧力に屈するどころか、我が道を往くこの潔さに私も与(くみ)したい。朝食やおにぎり、お茶漬の定番でもある塩鮭も辛塩でなければ、本

偉観を誇る、村上の塩引き鮭

来の味わいが得られない。少量の鮭でご飯がいっぱい食べられる、それが米が主食だった時代の常識だった。塩引き鮭もその伝統を継承している。余計な水分は抜け、鮭の身は引き締まっており、その分、旨味が強い。ニューヨークのブルックリン、ブライトンビーチというロシア人街でこの塩引き鮭そっくりの鮭の半身を見つけ、たったの八ドルで買って帰ったが、しばらくはそれに夢中だった。ロシアでは辛塩の塩鮭をスモークサーモンのように生で食べる。荒巻鮭をそのまま食べる感覚だが、悪くない。

干物といえば、くさやがメニューにある店は都内でも八丈島料理の店や門前仲町の「魚三」など限られているが、あれば必ず注文してしまう。ほかの客の顰蹙を軽く買いながらも、やめられない。八丈島に行った折には工場で箱買いし、冷凍保存し、三日置きにカセットコンロを外に出して焼いていた。

　やや変わったところでは酒盗焼きという調理法がある。酒盗と酒、醤油などを混ぜ合わせたタレをサワラやカマス、タチウオなどに塗って焼いたものだが、これはくさやの美味さを厨房で再現しようとした板前の裏技だったかもしれない。酒盗は豆腐ともよく合うし、オリーブオイルと混ぜて、フレンチフライにまぶしてもいい。ヴェネチアにいた頃は酒盗の代わりに、アンチョビを多用していた。一キロ十ユーロくらいで、食べ切れるか心配だったが、何も冷蔵庫にない時は、小ぶりの田舎パンにバターを塗り、アンチョビを挟んだサンドイッチを作ったり、塩辛のように白いご飯に乗せて食べているうちにすぐになくなった。

　魚卵は痛風、中性脂肪の目の敵にされるが、中毒性があり、簡単にはやめられない。魚からしてみれば、子孫の塊を食われてしまうのだから、魚卵好きの人間は天敵ということになり、私たちは魚の恨みを買い、その報いとして痛風になったりするのであろう。白子好きも同様の報いを受けることになるだろう。魚卵の中でも最も食卓に普及しているのはタラコであることは間違いない。明太子はおにぎりの定番でもあり、創作料理に調味料として用いられたりもするし、和製スパゲッティのセンターに位置してもいる。生のタラコはショウガや白滝と煮たりすると、パスタ擬(もど)きになる。正月に消費が集中するカズノコもプリプリの歯応えが心地よく、そのまま寿司ネタとして、また子持ち昆布の状態で、さらには松前漬やわさび漬のゲストのような形でしばしば口に入る。イクラ、キャビアに至っては至福の時をもたらしてくれる。スーパーで安売りされている子持ちししゃもも半分は魚卵を食べているようなものだし、ハタハタも小ぶりな魚体には不釣り合いに大きい魚卵を抱えており、弾けるキャンディ「ドンパッチ」を思い出させる食感もまた偏愛の対象になる。タイやヒラメ、カンパチ、ブリなどどんな魚も卵を抱えており、それらを時に焼いたり、蒸したり、煮付けに入れたりして食べてきたが、自分の手で釣ったサバの卵巣をポン酢で食べた時は思わず唸った。

もちろん、カラスミを忘れてはいけない。近頃は自家製のものも出回っているが、イタリアのサルデーニャや台湾、さらにはモーリタニア産のカラスミもあり、それぞれ微妙に熟成度合いや硬さが違っているが、これほど酒のお供にふさわしいものもない。サルデーニャではこの切り身をフィノッキオ、すなわち茴香(ウイキョウ)の鱗茎(りんけい)と一緒にオリーブオイルをかけて食べる。タマネギの食感と甘い香りが絶妙にカラスミにマッチするが、台湾では大根

フグコの糠漬の塩辛さはハンパじゃない

とニンニクの葉とのコンビネーションがベスト。さて魚卵の極め付きはフグの卵巣の糠漬だ。この石川名物は長期間、漬け込むことで毒消しをしているため、極めて塩辛い。それこそ耳かき一すくいでご飯が一膳食べられるほどだ。

塩分過多、プリン体豊富なメニューを並べた空想居酒屋では、さぞかし酒が進むだろう。喉の渇きを癒やしたい客は日本酒やワインの合間に水をがぶ飲みするに違いない。温泉水や炭酸水は原価で提供する代わりに、セルフサービスで勝手にクーラーボックスから持っていってもらう。また「この店で飲む酒が美味すぎて、肝臓を壊した」などとクレームをつけてくる客への慰めとして、牡蠣殻エキスか、ウコンの錠剤もしくはドリンクを用意しておき、希望者にはお通しの代わりに出し、三百円徴収するというやり方もある。

珍味の品揃えを誇る空想居酒屋では、塩ウニも置きたいが、これは極めて高価ゆえ、難しい。小皿に小さじ一杯出してもあまりサマにならない。同じ高級珍味なら、鮒寿司をメニューに加えた方がいい。こちらも琵琶湖産の子持ちニゴロブナだと、大きさにもよるが、三十センチ以上だと一尾一万円は下らない。だが、頭と尻尾の切れ端ならば、安く手に入る。実際、お取り寄せしたことがあるが、真空パック入りの切れ端は七百円くらいだった。ちゃんと発酵したご飯もついていた。この白い粘土のような酸っぱいご飯はそれ自体が乳酸菌の塊で、米のチーズというべきものだ。そのまま食べても美味しいが、調味料のように挽き肉料理に混ぜてもいい。実際、メンチカツの挽肉に混ぜたり、餃子のネタに混ぜてみたが、深い味わいが出た。頭と尻尾は細かく刻み、発酵飯、みじん切りのネギと和え、醤油を少し垂らした共和えは、日本酒にも焼酎にもよく合う。

沖縄の豆腐餻は麴の香りが心地いい珍味であるが、やや甘さが勝るので、私は中国の腐乳の方が好きだ。これも塩辛く、大きめのサイコロ一つでご飯を一膳食べられるが、ちびちび楊枝の先で削りながら、酒を飲むと、酒が甘く感じる。腐乳にもプレーン、辛いタイプ、クセの強い毛カビタイプと種類が豊富で、クリームチーズのようにパンに塗って食べても違和感はない。豆腐餻や腐乳に似たものとして、私が認識しているのが、わさび漬である。わさびの葉を粕漬にしたものなのだが、この粕をかまぼこに塗って食べるのが何より好きだ。

ある時、奈良には美味いものがないと呟いた私に、奈良にゆかりのある人が桐箱入りの高級奈良漬を一度食べてみろとわざわざ送ってくれた。奈良漬なんて鰻重の残りのご飯を食べるときくらいしかありがたいと思ったことはない。だが、その桐箱入りの奈良漬は自分が知る庶民的奈良漬とは根本的に別物、ほとんど奈良漬の貴族と呼ぶべき代物だった。粕に埋もれたシロウリやキュウリ、ショウガも絶品なのだが、それらを発掘した後にこそ真の楽しみはあった。粕と味噌が絶妙にブレンドされたその漬け床自体が、まさしく豆腐餻そのものの味だったのである。小皿にその味噌を軽く盛り、和菓子用の楊枝で少しずつ口に含み、酒を飲むと、自然、顔がほころんでくるのだ。

鮒寿司にしても、腐乳や奈良漬の味噌にしても、アミノ酸の素であるから、美味いに決まっているのだが、乳酸菌の宝庫でもあり、顕著な整腸作用もあるのだ。飲み過ぎで慢性的に下痢気味のドリンカーにはありがたい恩恵をもたらしてくれる。

（二〇二〇年一月）

11 鰻

私の幼少期の偏食については『君が異端だった頃』という私小説にありのままを書いた。当時と較べると、私の食事のバリエーションは爆発的に多様になり、苦手なものはほとんどなくなった。それでも友人の娘があらゆるおかずを拒絶し、白いご飯しか食べないのを見て、かつての自分を思い出し、ほくそ笑んだりする。私は豚も牛も鶏も一切、口にしなかった。すき焼きでは白滝と豆腐だけ、カツ丼も肉だけ残し、衣と卵だけ食べていた。焼肉店に行っても、肉には見向きもせず、ビビンバだけ食べていた。唯一、食べられる肉は脂身が全くない馬肉を煮たものだけだった。寿司は卵とタコ、カッパ巻だけで、中トロもエビもウニもイクラも青魚も一切受け付けない。そのくせ甘いものはあるだけ延々食べ続けていた。私の栄養状態を心配した両親や祖父母は、何を与えれば、食欲が湧くのかをあれこれ試した結果、白いご飯に海苔を与えておくか、さもなければ、鰻丼の出前を取ると、完食することがわかった。

パンダに笹、コアラにユーカリ、そして、雅彦には鰻ということで、幼い頃の私は鰻を主食にしていた。浅草を遊び歩いていた江戸っ子の祖父は面白がって私を馴染みの鰻屋に連れてゆき、よく鰻重を食べさせてくれたが、私が「口に入れると溶けるし、タレも甘過ぎない」と生意気に批評したりするので、仲居さんが「まあ、小憎らしい」と呟いたのをなぜか鮮明に覚えている。

幼い頃に食べ過ぎた反動が大人になって出たか、しばらく鰻と疎遠になっていた時期がある。遅まきながら、鰻以外にもうまいものがあることを知り、食の世界の多様性に積極的に触れようとしていた時期と重なる。鰻は私にとっては、「偏食」の象徴だったので、それを克服するには一定期間、距離を置く必要があったのだ。

二十年くらい前からまた鰻への執着が強くなり、鰻屋詣でが復活した。きっかけは鰻の串焼きとの出会いだった。東京には串焼きの専門店が少なくない。新宿の思い出横丁にも、渋谷の道玄坂にも、池袋や東中野、大井町、虎ノ門にもある。蒲焼きの副産物とでもいうべきキモ、ヒレ、エリ、レバー、カブトなどの部位を焼いたものや骨せんべいを肴に酒を飲み、短冊の白焼きにわさびやニンニクをトッピングしたものを追加し、締めに鰻丼をかき込むスタイルは、庶民的とも言われていたが、鰻の稚魚の不漁による価格高騰によって、串焼きも高級になってきて、若い客の姿も見かけなくなった。

串焼き鰻の醍醐味は普段、なかなか口に入らない部位それぞれ独特の味わいを堪能するところだ。そこはモツ焼きに近いところがあるのだが、素材全てが鰻であるから、かなりマニアックだ。クリカラというのは脂がそれほど乗っていない背中側の肉で、このあっさりした味わいは最初の一本に最適である。キモはレバー以外の内臓の総称で、エイリアンを彷彿とさせる胃袋を中心に一緒くたに串刺しになっている。キモ吸いやキモの刺身も同じ部位で、鰻屋では鰻が焼き上がるまでの待ち時間に食べることになっている。ほろ苦さとモチっとした歯応えに特徴があるが、タレの味と山椒の風味を纏(まと)うと、酒が進む。私がよく出かける東中野の「くりから」では、梅割り焼酎をよく飲むのだが、この安酒がなぜか串焼きとの相性が抜群なのだ。ゴボウの芯に鰻を巻きつけた八幡巻(やわたまき)や背ビレの肉をニラで巻いたヒレも手間のかかった一品で、それらを食べる段にはもう二杯目の梅割りに進んでいる。エリはカブトの下の、魚でいえばカマの部分で、骨っぽいのだが、この部位だけは塩で食べる。レバーは希少部位で、一本の串に刺さっているのはざっと十尾分ほどの肝臓で、これはすぐに品切れになる。私が特に好きな部位は鰻の尾ビレに近い部位のカワで、身が薄いのでタレがよく絡み、またよく動かす部位のせいか、鰻が本来持っている香りが強い気がする。

カブトはそのまま焼いても、骨っぽいので、大抵の店では骨が柔らかくなるまで蒸している。大阪では腹開きした鰻を頭をつけたまま金串に刺して焼くので、焼き上がった段階でまだ頭が残っている。盛り付ける前に落とされた頭を集めて、豆腐などと一緒に煮た半助鍋(はんすけなべ)を出す店もある。自分は半助鍋こそが好物なのだといって、これだけ食べに来る客がいるかどうかは知らないが、極めてリーズナブルな値段なので、給料日に本体を食べることにし、財布に千円しかない時は半助鍋でしのぐというようなことができるのは、さすが貧者にも優しい食い倒れの都ならではである。

鰻屋では待ち時間をどうやり過ごすかも悩みどころだ。急ぎの時は電話を入れ、あらかじめ竹の重と白焼きの注文をしておくこともできるが、店に着いてすぐに鰻重の注文をし、すぐに出てくる骨せんべいや板わさを肴に酒を飲む、この時間も好きだ。しばらくすると、キモ焼きや鰻巻(うまき)も出てくる。店によっては刺身や焼き鳥を置いているところもあるが、あくまでメインは鰻重であるから、やや禁欲を保ちつつ、ちびちび飲むことになる。

キモ焼きのほろ苦さがたまらない

いきなり酒呑みモード全開とならないところが、鰻屋の客が上品に見える理由かもしれない。

テーブル席で向かい合った男女が微妙に目を逸らしながら、手持ち無沙汰にしている光景を傍から観察し、夫婦か、不倫か、付き合って何年になるか、相思相愛か、倦怠期かを想像するのも楽しい。男は腕組みをして、店内を見回し、女はやや俯(うつむ)き気味にメニューを熟読したりしながら、ひたすら待っている。今日は鰻だけ食って帰るつもりだったのに、いよいよ待ちきれなくなると、酒を注文してしまう。案外、鰻屋の待ち時間に交わす会話には本音が出るかもしれない。なぜなら、何かを期待して待つ時と空腹を抱えている時は、よほどのひねくれ者でない限り、人は素が出るものだからである。

さて、備長炭に脂が落ち、燻製香のついた煙とタレが焦げる匂いに散々、食欲を刺激され、待つこと二十五分、ようやくテーブルに塗りの重箱が運ばれてくる。蓋を開ける瞬間は、歌舞伎やオペラの幕開きにも似た高揚感がある。重箱に盛ったご飯の上に、香ばしく焼き上がった鰻が畳のように並べられたその様子をまずは賞でる。焦げ目の付き具合はどうか、特上、松、竹、梅、自分が選んだサイズに見合った大きさか、コスパはどうか、途中でちぎれたりしていないか、待たされた時間に比例して、客のチェックは厳しくなる。すぐに食らいつきたいが、山椒を振りかけるのを忘れてはならない。鰻の上に振りかけるのを止めはしないが、一手間かけて、鰻をめくり、ご飯とのあいだにたっぷり振りかけると、鰻本来の味を損なわず、しかも山椒効果で旨味を引き立てることができる。

ところで、重箱に敷いたご飯の布団に鰻を横たえる鰻重の様式はわりに新しく、一九六〇年にある店が始めたのが最初だったようで、それまでは鰻丼しかなかったそうだ。甘辛いタレを纏った蒲焼きの歴史は古く江戸期に遡る。一七八〇年代頃からこの食べ方が定着したらしいが、ヒゲタ醤油が濃口醤油を作り、江戸で広まった時期と重なるのだとか。鰻自体は縄文時代から食べられていた食材で、それは貝塚から出土した骨によって裏付けられている。

東京には鰻の名店が数多くあり、「尾花」や「野田岩」のように行列に並ばなければならない店もある。また、土用の丑前後に需要が高まるが、養殖物は別にいつ食べてもいいし、天然鰻の旬は秋なので、わざわざ夏の盛りに食べなくてもいい。「鰻なんて何処で食べても同じ」と暴言を吐く人には笑顔でこう諭したい。

まず、蒸しを入れるか、直火焼きかで全然違う。関東から西に進むに従い、蒸し時間が短くなる法則がある。東京では平均二十分蒸すようだが、浜松では一分に満たない。名古屋まで行くと、もう蒸し時間はゼロになる。直火焼きの関西風も、脂がしっかり残っていて、皮の焦げ目がパリッとしていて、江戸前とは全く違うよさがある。名古屋のひつまぶしは関西風ではあるが、茶漬もできる「お値打ち感」があり、これは鰻のせいろ蒸しとともに、別物と受け止めた方がいいだろう。東京でも関西風、大阪でも江戸前の鰻を出す店はある。鰻好きはあえてどちらがいいとはいわない。扱い方次第で鰻の味はいかようにも変わるし、その変化全てを食べ尽くしたいから。

長年食べ慣れているのはもちろん、江戸前だが、蒸し過ぎれば、鰻自体の風味が薄れるし、串から外れたり、身が崩れたりしてしまう難もある。口に入れてとろけるような食感が好きな人もいるが、ギリギリ身崩れしないところに串打ちや焼きの技が光る。焼きには備長炭の表面が白くなっている状態が好ましい。強過ぎず、弱過ぎない炭火をコントロールしながら、何度も位置を変え、ひっくり返し、タレづけも三度行う。焼きの工程で余計な脂が落ち、また溶けた脂で自らの肉を焦がすことで、風味を引き出すのである。

鰻のエキスが溶け込んだタレも店によって、全然違う。どろっとしていて甘い田舎風のものより、サラッとしたものがやはり飽きがこない。早稲田あたりにはご飯がタレで真っ黒になった鰻重を出す店もあるが、これはこれで昭和にタイムスリップした感があり、懐かしい。松竹梅のランクは鰻の大きさの違いなので、見栄を張らず、空腹の度合いで選べばいい。ただ、鰻本体の大きさは味に関係してくる。一度、琵琶湖で獲れた一メートル以上もある大鰻を焼いている現場に遭遇したことがあったが、味は大きさに比例しない。見た目の豪快さにとらわれず、細めの鰻をたくさん食べる方が絶対、得である。その点で、小ぶりの鰻の蒲焼きを大皿に並べた「筏（いかだ）」をつつきながら、白いご飯を食べるというスタイルもあり、一度「尾花」で試した。その際、ご飯は炊き立てに限る。

内田百閒（ひゃっけん）は知る人ぞ知る独特の鰻の食べ方をしていた。そのことを電車に乗るたびに

鰻への愛は変わらない

思い出す。おもむろに鰻弁当を広げると、百閒先生はタレの染みたご飯だけを食べ、鰻を残す。その後、鰻を少しずつほぐしながら、ゆっくりと酒を飲み、目的地まで持たせるのである。鰻屋では待たされた分、がっついて重箱を抱えて、貪り食ってしまうこともあるが、百閒方式なら旅のお供の鰻弁当から最大限の楽しみを引き出すことができる。

（二〇二〇年二月）

コラム

ヴェネチアのウブリヤッコ

中東では水よりも石油の方が安く、ヨーロッパでは水よりもワインの方が安い、と初めて聞いたのは大学生の頃だったか、その時はホラ話か、たとえ話と思っていたが、実際にイランではガソリン一リットルの方が同じ量のミネラルウォーターより安く、ヴェネチアでは酒屋で売られている計り売りのワインの方が駅で売られている五百ミリリットルのミネラルウォーターより安かった。自分の目で確かめたから、間違いない。私は専用のペットボトルを持参し、行きつけの酒屋でカベルネ、ピノ・ノワール、シャルドネ、プロセッコなど計六リットルを仕入れ、一週間で飲み切っていた。一リットルでたったの二ユーロ（約二百八十円）の安ワインだが、近場のベネト州の地酒で、ボトルに詰めて、熟成させれば、ふくよかでニュアンスに富んだ味に化ける。

五年前に大学の研究休暇でヴェネチアに半年滞在するという幸運に恵まれた。それまでも旅行や取材やシンポジウムなどで度々、かの地には足を運び、観光はそっちのけで、立ち呑み居酒屋バーカロのはしごを熱心に行っていた。ヴェネチア本島は人口五万人ほどの小都市だが、ここに毎日三十万人の通勤客、通学客、観光客が押し寄せてくる。昼間は人の渋滞が起きるほど混雑するが、深夜ともなると、ゴーストタウンのようになる。ホテル代もほかの都市に比べると、絶句するほど高いので、ここに長期滞在となれば、コート・ダジュールか、マンハッタンのコンドミニアムを借りるような甘い生活(ドルチェ・ヴィータ)になるかと思いきや、実際にはCOOPで買い物をし、一切れ二ユーロのピッツァでランチを済ますごく普通の日常生活だった。

砂州に無数の杭を打ち、その上に石を積み上げた水の都には無数の教会と橋があるが、その数においては酒場も負けていない。ヴェネチアほど酒呑みにフレンドリーな都市はない。教会にはティントレットやティツィアーノの名画もあるが、そこは素通りし、各区域に行きつけのバーカロを作ることにした。スプリッツと呼ばれる白ワインにカンパリかアペロールを加えたヴェネチア発祥のカクテルを一日四杯飲むのがヴェネチア人の証だという。確かに昼から皆よく飲む。通りがかりに一杯、知り合いに会ったから一杯、仕事が終わったので一杯、いいことがあっても悪いことがあっても一杯という調子だ。たくさん飲まなければいい気分になれない、すなわち「燃費の悪い」私はサン・マルコ周辺の高級カフェでスプリッツを立ち呑みするところから始め、スタンプラリー気分で、リアルト橋のたもとに軒を連ねるバーカロでプロセッコを飲み、サン・ポーロ広場に向かう商店街で揚げ物をつまみ、さらにフラーリ教会のそばではビールを飲み、そこからサンタ・マルゲリータ広場に出て、若者が集う店で赤ワインのボトルを空けてゆく。小腹が空けば、奥のテーブル席でパスタを食べ、食後にグラッパを二杯あおる。

こうして一人のウブリヤッコが路地に放たれる。酔っぱらいを意味することのイタリア語を「うぶり奴」と日本語で書くと、千鳥足の芸者みたいになる。「うぶり奴」がおぼつかない足取りで歩けば、いつ運河に落ちてもおかしくないのだが、意外と転落事故が少ないのは、酩酊しながらも危ないとわかっているので、壁に沿って歩くからだ。結果、コートやジャケットの袖は古い煉瓦(れんが)でこすれ、赤く汚れる。映画『旅情』でキャサリン・ヘップバーンが落ちたのはサン・バルナバ広場の運河だったが、彼女は後ずさりしたので落ち

サン・マルコ寺院
白ワインにカンパリか
アペロールを加
えたヴェネチア
発祥のカクテル
APEROL
Aperitivo
❶サン・マルコ広場周辺の高級カフェでスプリッツ
❷リアルト橋のたもとに軒を連ねる
バーカロでプロセッコを飲む
❸サン・ポーロ広場に向かう
商店街で揚げ物をつまみ…
❹フラーリ教会の
そばでビールを飲む
グイッ★
PERONI
❻小腹がすいたら
パスタを食べ、食後
にグラッパを
二杯あおる
グラッパは
食後酒として
よく飲まれる
❺サンタ・マルゲリータ広場では、若者が
集う店で赤ワインのボトルを空けていく…

たのである。

ヴェネチアは全島が石造りで教会の音響効果は抜群だし、広場もそれ自体が野外劇場として使える。アパート近くの路地のひそひそ話の内容までわかるくらいで、自分の耳が集音機になったように感じたくらいである。一度、サン・マルコ寺院で催されたクリスマス・コンサートに出かけたが、その響きに陶然となった。教会内部には大礼拝堂のほかにいくつかの小礼拝堂が連なっているが、金管や合唱の響きがわずかにずれながら、回ってゆくので、ステレオサラウンド効果が得られるのだ。

教会で賛美歌を歌い始めた頃は、誰もが同じメロディを歌っていた。しかし、男女の声は一オクターブ違うし、同じ音程で歌っているつもりでも微妙にずれてしまう人がいた。しかし、このズレに注目した人がいて、最初から音程を変えて、同時に歌ったらどうなるかの試行錯誤を繰り返すうちに、ハーモニーが生まれ、のちに和声の理論の元ができた。また記譜法がなかった時代は、歌は口移しで覚えていた。

人は快楽にまつわることには熱心になる。歌が進化を遂げるのに石造りの建築物は大いに貢献しただろう。町全体が石造りの劇場となっているヴェネチアは音楽史に大いに貢献することになった。ヴェネチアの中心サン・マルコ広場で金管楽器を思う存分鳴らしたら、さぞかし気持ちいいだろうなと考えたのが、ブラスバンドの父といってもいいガブリエリだった。サン・マルコ教会付きの作曲家の立場を活用して、多くのポリフォニックな楽曲を残した。教会での多声合唱を聞きながら、歌付きの芝居を上演したら、効果満点だろうと考えたのが、オペラの創始者と見做されるモンテベルディだった。ヴェネチアはその後、弦楽合奏曲や協奏曲、オペラでも傑作を残したアントニオ・ヴィヴァルディを育てた。

午後四時になると、私はそわそわしてくる。原稿書きの仕事を一段落させ、散歩に出ると、広場にはミュージシャンたちが繰り出してきて、ヴァイオリンやチェロの独奏、ギターとアコーディオンの二重奏などを披露している。私はスプリッツかプロセッコを注文し、店先に立ち呑みを始める。ヴェネチアでは教会の鐘の音、波音、子どもの泣き声やガールズ・トーク、工事の騒音、アクア・アルタの警報でさえも憂いを帯び、意味深な残響を伴っている。

12 コロナの時代の食

むろん現代人は誰もペストの大流行など経験したことはないが、新型コロナウイルスの感染拡大に「中世かよ」と思わず突っ込みたくなる。歴史上、幾度かにわたって大流行したペストは劇的な人口減少をもたらしたが、私たちはその生き残りの末裔ということになる。目下、COVID－19の感染拡大で北イタリア諸都市は封鎖されているが、かつて半年ほど暮らしていたヴェネチアには今もペスト禍の痕跡が残っている。七月に行われるレデントーレ祭は夏の風物詩でもあるのだが、当時のヴェネチア共和国の人口の約三割に当たる四万七千人が死んだペストの収束を神に感謝するために教会建設を行ったことに由来する。十六世紀半ば過ぎのことである。花火が夜の空を焦がし、運河に船を浮かべた橋を作り、それを渡って、教会に向かう人々が行列する。四百五十年も前のペストの収束を現代人が盛大に祝うのを見た時も「ルネッサンスかよ」と思ったが、まさか二十一世紀に歴史が繰り返されるとは思わなかった。

　これ以前、ボッカチオが生きていた十四世紀にもペストの流行があった。そういえば『デカメロン』は感染を恐れ、郊外の別荘に籠城した面々が退屈しのぎに披瀝し合った秘話、艶笑譚のコレクションだった。長期にわたる引き籠もりはこういう文学的副産物を産み出したわけである。

17世紀、ペストの治療にあたったローマの医師を描いた絵。嘴のとがったマスクに革手袋、永井コートを着用し、手には触診棒をもっている

　全世界的に人々が引き籠もると、生活スタイルが一変する。一斉に食糧、生活必需品の備蓄を増やそうとする行動を取れば、スーパーの棚から特定商品が消えてゆくことになる。また、一斉に外出を控えることによって、飲食店の客足がぱったりと途絶えることになる。全世界のレストランが軒並み休業し、日本で

も私が贔屓にしていた店が暖簾を下ろした。

ガルシア＝マルケスの小説に『コレラの時代の愛』というのがあったが、コロナ時代の只中にある私たちドリンカーはどういう行動を取るべきなのか？　人がたくさん集まる場所が苦手で普段からつい引き籠もりがちになる私などは、多くが外出自粛し、電車も繁華街も空いている今こそ飲み歩きの絶好の機会だと思ってしまう。こまめな手洗いとうがいによって、普通の風邪やインフルエンザにもかかっていないし、花粉症でもないので、積極的な消費行動を取り、飲食店経営の危機にハチドリの一雫をもたらそうとしていた。

まずは昼から飲める行きつけの店から始め、人気の居酒屋、鰻の串焼き、そば屋、中華料理店、カフェ、バーなどを訪れてみた。その店の主人も渋い顔をしていたが、私の顔を見ると、「地獄で仏を見た」といえば大げさだが、それくらいの勢いで感謝してくれた。年度末の歓送迎会、卒業パーティなどの予約がキャンセルになって、売り上げが落ちているとのことだが、早い時間から飲んでいる人の数は決して少なくはなかった。おそらく私と同じように考えている人が思いのほか多いのだろう。テレワークで二週間以上、会社に行っていないという人などは気晴らしが必要不可欠になり、話し相手を切望するようになる。こんな時だからこそ飲みながらできることは多い。通常、オフィスの会議室で行っている企画会議、教授会、打ち合わせを居酒屋やそば屋で行えばいい。酒が入れば、本音も出るし、適量なら頭の回転も早くなる。失業、倒産、収入の大幅減の不安を抱えながら、政治への不満を口にし、これまでの自分の歩みを振り返ってみたり、自らの内なる悪意と善意の確認をしたり、相手と緩やかに精神分析をし合ったりする。そうしたとりとめもないお喋りの中にこそ次の一手のヒントが隠されているものだ。

さて、何もやることがない土曜の昼下がり、紙ナプキンと輪ゴムで作ったマスクをし、自宅待機の勧告を無視し、酒を求めてさまよい出した私が最初に訪れたのはそば屋だった。普段、ランチタイムは野戦病院状態のそば屋も、コロナ禍の土曜はガラガラで、長居も歓迎される。この際だから、そば屋のつまみを制覇してやろうと、メニューを片っ端から注文しまくった。

先付けには定番の板わさと焼き海苔だ。分厚く切ったかまぼこは普通にわさび醤油でもいいが、わさび漬の辛い粕を塗って食べたい。海苔も醤油だけでなく、ごま油と塩をつけて食べれば、韓国風になる。

それで一合飲んだら、二本目のアテには炙り物をもらう。タタミイワシ、エイヒレ、ウルメイワシ、アタリメなどをじっくり咀嚼し、旨味を十二分に引き出しながら、燗酒をクッとやる。三本目には厚焼き卵とカモ焼きの出番だ。濃口のだしで味付けされたそば屋の卵焼きは寿司屋のそれとは別物で、大根おろしと合わせるのがいい。カモ焼きはすき焼きみたいに甘辛く焼いてもらい、たっぷりの山椒をかけて食べたい。カモ汁ももちろんつまみになるが、そば屋には酒呑みのために「ぬき」というジャンルがあって、メニューにある天ぷらそば、カモ南蛮、カレー南蛮などの「ぬき」を注文すると、そばなし、つまり温かいつゆに天ぷらなど具だけが浮いたものが出てくる。わざわざ「ぬき」を頼んで、通人ぶるのもどうかと思うが、まだしばらく酒を飲んでいたい向きにはお勧めである。そばつゆに浸した天ぷらは確かに揚げたてのサクサクの天ぷらとは別物である。インスタントの天ぷらそばでもかき揚げを入れてお湯を注ぐか、後乗せかで好みが分かれる。ここは別に悩むところではなく、別物である以上は両方食べればいいのだが、私は天ぷらは塩で食べ、天かすをつゆに浸して食べるという解決策を見つけた。天ぷら店で百円で売っている天かすを土産に持って帰ると、必ずたぬき豆腐を作る。そばつゆで絹ごし豆腐を煮て、天かすを散らすだけの料理だが、これがあれば、もう一合余分に酒が飲める。立ち食いそば屋にはコロッケそばがあるが、コロッケを熱いつゆに溺れさせて食せば、肉じゃが擬きの味になる。

ちなみに私はそばをつまみにして飲み続けることもできる。そばつゆに酒を少し加え、そこにそばを浸し、ひとすすり、酒をひとすすり、またそばをひとすすりする。やや趣向を変え、そばに塩をふりかけて食べるという方法もあって、これはそば本来の香りと甘みを引き立たせる。ごま油と塩、七味、もしくは一味唐辛子をかけて食べるとパスタ感覚になる。イタリアでもそばの産地があり、アーリオ・オーリオにしたり、トマトソースを合わせたりして食べるし、ブータンでは熱した油と大量の唐辛子で味付けをする。

そば屋の長居の締めくくりには残りのつゆをそば湯で薄めて飲むのだが、焼酎のそば湯割りもまた乙なものである。


二〇二〇年は暖冬で例年より早く花見の季節になったが、上野公園や代々木公園の密集型の花見は自粛する人が多かった。基本、オープンエアの場では感染の危険は著しく下がるはずだが、ゴザを敷いて車座になったお座敷スタイルは濃厚接触を伴うので、花見を強行した人はみんな互いを避けるように座っていた。

誰もいない公園でぽつねんと一人でタコ焼きをつまみに缶チューハイを飲む孤独な花見

締めは、焼酎のそば湯割りで

スタイルも散見された。あるいはスキットルに入れたアイラモルトをちびちびやりながら、魚肉ソーセージ片手に千鳥ヶ淵をそぞろ歩くか、一輪挿しに桜の花を活け、最近亡くなった文豪、飲み仲間を偲びながら、書斎で泡盛の古酒（クース）を飲むか、いずれにせよ、空想居酒屋が追求してきた酒呑みのミニマリズムが主流になってゆくだろう。

外出自粛が広がったことで、買い物も控えるようになった人々はネットショッピングやウーバーイーツなどのデリバリーに走った。翌日には配送される迅速さに甘え、生活必需品から食料品、衣服、書籍、あらゆるものを自宅に居ながらにして手に入れられる。パンデミックはAmazonや楽天をさらに儲けさせた。ウーバーイーツの普及で、都心に住んでいれば、自宅がそのまま屋台村になったようなもので、複数のレストランの名物料理を同時に堪能していた。

レストランで食事することを外食というが、出前物を家で食べれば、中食になる。ではオープンエアのスペースで出前物を食べるのは何というか？　外で食べる以上、やはり外食ということになるだろうか？　雨の日は何とか東屋（あずまや）を確保したいものである。

この時期、中国ウイルスだ、武漢ウイルスだと騒ぐ反中キャンペーンのせいで、中華料理店は結構打撃を受けているのではないかとにわかに心配になり、行きつけの店の様子を見に行った。普段は午後七時には満席になり、二階の宴会場もパーティで貸し切りになっているはずなのだが、宴会は軒並みキャンセルで、その夜に来店した客は私たちの三人と一人で来た客一人の計四人だった。店主に同情し、いつもより長く、余計に飲んだ。新メニューをサービスしてくれたり、わざわざ煙草を買って来てくれたり、丁重にもてなしてくれるので、一瞬、このままこの店に居候してしまいたくなった。ところでいつもホールを仕切っているお母さんの姿がないので、どうしたのか訊ねると、「店があんまり暇だから、久しぶりに休みを取って、温泉に行きました」という。「働き詰めはよくないから、たまにはいい景色でも見て気分転換した方がいい」と娘にいいながら、ふと思った。しばらく出社を控え、形式的な会議や顔つなぎの営業や仕事してるふりをせずにいると、今までのオフィスワークがいかに無駄だったかをつくづく思い知ってしまうのではないか、と。たまたま、自宅待機中の気晴らしにドライブに出かけ、風光明媚な田舎の風景や温泉、素朴な食事に接したりしたら、会社に戻るのがバカらしくなってしまうに違いない。

疫病の蔓延は大きなライフスタイルの転換をもたらした。

（二〇二〇年三月）

13　免疫向上メニュー

スウェーデンなど一部を除き、全世界的にステイ・ホームが励行され、ドリンカーたちも家呑みに日々、工夫を凝らし、収束パーティに思いを馳せている。それまで贔屓の店が潰れずに持ちこたえてくれるかも心配で、常連たちがクラウドファンディングを始めたり、基金を設立し、特定銀行口座にカンパを振り込む支援活動が広がっている。

テイクアウト・メニューを充実させ、厨房だけは動かしている店は多いが、客を一日一組、あるいは一人限定という超高級会員制レストランの形式を取り、営業を続けている店もある。休業補償のない中、経営者や料理人、サービス従事者たちはどうサバイバルしてゆくか、悩ましいところだ。空想居酒屋は店舗がないだけに維持費もかからず、非常事態の影響を受けないが、リアル居酒屋への同情は深い。

再開の日を寝て待つだけでは頭も体も鈍る。日常的なハシゴ酒はいいエクササイズでも

2020年4月20日21時頃の渋谷スクランブル交差点。人通りがほとんどなくなった

あったのだが、それがなくなり、運動不足も深刻だ。近頃は消化不良気味で、胃も痛い。早期のワクチン開発が待たれるが、できてもすぐに日本に回ってくる保証もない。治療薬としての認可待ちのアビガンも日本で一般の人に処方されるのには、まだ時間がかかりそうだ。もし早まっても、これから子どもを作る若い人には危険な副作用があるというし、尿酸値を上げるので痛風の人には勧められない。日を追うごとにストレスが累積してゆくのは目に見えている。

結論はもう出ている。感染予防とストレス軽減に努めるほかない。どうせ暇なので、日々の食生活でできる対策を練ることにした。感染予防にはとりもなおさず免疫を高めるのがよいということは誰でも知っているようで、スーパーではヨーグルト、納豆がよく売れている。野菜ではショウガ、ニンニク、長ネギ、ブロッコリー、春菊、キノコ類などがよいとされる。加えてレバーやワカメ、味噌、そばなども効果的だとか。何だ、いつも食べているものじゃないかと思ったが、それらを組み合わせて、最強の免疫向上メニューを考えてみる。

まずはヨーグルト。売り場を見れば、種類豊富だが、微妙に菌の種類が異なるし、一〇〇パーセント生乳とは限らず、小麦粉が入っているものもある。食する人と菌の相性があるので、自分に合ったパートナーを選ぶことから始めるのがいいようだ。食物繊維やオリゴ糖と合わせると、それを餌にして菌が増殖するのでより多くの菌を腸に送り込むことができる。バナナやキウイと混ぜるのはこの原理に適っている。また人肌に燗をすると、菌の活動が活発になる。酒のつまみには不向きに見えるが、日本酒や白ワインとの相性は決して悪くない。

納豆はあのネバネバがいかにも免疫を高めそうなのは粘液と語呂が似ているからではなく、その成分が効果的なのである。以前、油揚げに納豆を詰めて焼いた納豆きつねへの愛を語ったが、ネバネバ仲間を集合させ、濃厚接触させ、ネバネバで酒を飲めば、胃の粘膜も守られる。納豆以外の仲間は、めかぶ、オクラ、ヤマイモ、モロヘイヤである。茹でるものは茹で、刻み、混ぜ合わせ、醬油、ごま油、おろしショウガ、おろしニンニク、コチュジャンなどで味付けをし、それをぐい吞みに盛り付け、飲むように食す。あるいはスープ皿に入れ、スプーンで食べる。

折しも新ショウガの季節だが、これをふんだんに使ったショウガご飯は内臓体温を上げ、代謝を促してくれる。米二合に対し、最低握りこぶし一個分の新ショウガをみじん切りにし、これにやはりみじん切りの油揚げを加え、だしに塩、醬油、酒を加えたもので炊く。これが基本形ではあるが、そのバリエーションとして、ショウガオリーブご飯を提案する。かつて、小豆島を訪れた際にオリーブ園で食べたオリーブおにぎりというのがわりとうまかったので、その応用編である。炊き上がったショウガご飯にエキストラ・ヴァージン・オリーブオイルをかけ、刻んだオリーブの実を混ぜるだけである。また残ったショウガご飯は翌日、卵と刻みネギと一緒にチャーハンにする。

新ショウガは薬味としてより、それ自体を食べるものであるから、薄く切ったものを醬油と酒、砂糖などと煮ておけば、ピリッと刺激あるつまみになるし、ご飯に乗せて食べるのもいい。針ショウガと白髪ネギを大量に作り、それをたっぷりのごま油で軽く熱を通し、そこに醬油をたっぷり垂らす。これは万能調味料であり、かつミニマムなおかずでもある。蒸した白身魚にかければ、中華の定番、清蒸魚（チンジャンユー）になるが、お粥との相性もいいし、蒸し豚や蒸し鶏にかけてもいい。

すりおろしたショウガはもちろん、あらゆる料理の調味に使うのだが、これをサイダーに入れれば、辛口の刺激の強いジンジャーエールになる。また、焼酎やウオッカに入れれば、ガリサワー、ジンジャーウオッカになる。紅茶に入れれば、ジンジャーティーになる。

ネギは通常、薬味として脇役に甘んじているが、すき焼きやカモ鍋、ねぎま鍋、ドジョウ鍋、あるいは柳川鍋などでは準主役を張る。新鮮なものは青い部分にアロエみたいなゲル状のものが入っているが、これが乾く前に食べた方がいい。最もシンプルな食べ方として、焼きネギから始める。すぐに焦げてしまうので、魚焼きグリルで焼く場合は弱火にしておく。表面に焼け目がついたら、塩とオリーブオイルをかけ、そのまま食べる。二本分くらいペロリといける。フレンチの付け合わせ野菜にはポロネギのコンソメ煮、あるいはオリーブオイル煮があって、これもネギの甘みが存分に出ていて、味わい深い。もちろん、白ネギ、下仁田ネギなどで代用可能である。

ネギ味噌も常備しておくと、ご飯のおかずにも野菜スティック用のディップにも酒のつまみにもなる。作り方はいたって簡単で、小口切りのネギをごま油で炒め、そこに味噌、酒、みりん、砂糖、醤油などを溶いたものを加え、最後にカツオ節を入れて混ぜるだけだ。

ニンニクは殺菌、解毒、免疫活性化、そして強壮と、万能の働きを示す。カツオの刺身やタタキには生ニンニクが合うが、醤油にみじん切りのニンニクを加えただけのニンニク醤油は焼き鳥や焼き豚、ビーフステーキ、焼き椎茸などを食べる時に必ず用意する。信州松本では焼き鳥といえば、ニンニク醤油をアレンジしたタレで味付けすると決まっているそうだ。

スペイン料理でもニンニクは欠かせない。アヒージョといえば、ニンニクオリーブオイル煮のことだが、オイル・フォンデュ感覚で肉片やキノコに緩やかに熱を加えれば、一種の低温料理なり、旨味が効果的に引き出される。我が家ではル・クルーゼの小鍋でアヒージョをやる。ニンニクをたっぷりと入れたオリーブオイルを張り、塩をふたつまみほどとアンチョビを入れたら、気ままに串に刺した肉、キノコ、タコ、イカ、エビを入れ、じわじわと熱を通し、それをつまみにワインを飲む。オイルには素材のだしが出るので最後はその油を締めのパスタに使う。アンチョビを足して、タマネギを炒め、茹で上がったスパ

アヒージョで免疫力を高める

ゲッティを絡めると、抜群にうまい。春キャベツを一緒に茹でて加えてもいい。

日本は店で買えるキノコの種類が極めて多く、毎日のように食卓に上る。カロリーも低いし、独特の香りと食感、味わいがあるので、キノコ通の道はグルメの王道である。私もエノキを麵類のように食べたり、ナメタケを自作したり、八種類のキノコでキノコご飯を炊いたり、だしを沸騰させないように弱火で熱し、八種類のキノコをじっくりと煮るキノコ鍋などをよく食す。また乾物屋で干し椎茸の軸が安く売られているのを見つけると、買い求め、二日かけて水で戻し、その汁に醬油と酒、みりん、バルサミコ酢を加え、煮含めたものを常備し、繊維質豊富なダイエット食品として、小腹が空いた時にかじっている。歯応えが心地よく、嚙むほどにだしがしみ出してきて、酒のつまみには最高である。

よもや居酒屋に行けなくなる日が来るとは思わなかったが、これまでの居酒屋通いの経験の蓄積を家呑みに活かせば、もうしばらくは耐えられるだろうが、いよいよメンタルが弱ってきたら、どうするか、これが大きな課題となった。行きつけの店も全て営業休止し、自宅軟禁状態にいよいよ飽きた人々は公園や河原や野山に繰り出している。つまみを何種類も作って、あるいは居酒屋やレストランのテイクアウト・メニューを持って、ピクニックに出て、花を愛でながら、あるいは月を見上げながら飲んで、気分転換でも図らなければ、やってられない。先日は散歩途中で、酒屋に寄り、白ワインを買い、その足で魚屋に行き、生ガキを買い、自宅のベランダで一人パーティをした。ビデオチャットを使った友人、恋人とオンライン呑みも流行ったが、私は照れが勝り、やらなかった。

（二〇二〇年四月）

14　ポスト・コロナの飲食店の行方

空想、妄想の翼を思い切り広げるには、豊富な経験、教養が大いに助けになる。普段は居酒屋やバーで友人、知人、同業者、異業種の人、ジャンルの違う学者、弟子、学生らと雑多な意見交換をし、くだらない駄洒落を飛ばしながら、脳をマッサージできるし、他人の頭も借りて、空想をもっと遠くへ飛ばすこともできるが、コロナ禍で行きつけの店もことごとく休業、集まれる場所もなく、蟄居を強いられた浪人か、羽化の時を待つ蟬の気分で日々を過ごしている。何かの罪に問われる予定の人は留置場や拘置所に収監される日に備えて、監禁慣れしておく準備期間になるだろう。それで思い出したのは、以前、某出版社の社長から聞いた経験談だった。

その人はかつて麻薬常習と所持の疑いで起訴され、一年ほど拘置所に収監されていた。これまで贅沢もし、数々の武勇伝を残した人ゆえ、「塀の中の禁欲生活はさぞ辛かったでしょうね」と話を振ったら、「もっぱら空想に明け暮れていたので、思ったほど辛くはなかった」という意外な答えが返ってきた。

塀の中の食事は質素で、美食家からすれば、日々、非常食を食べさせられているようなものではないかと思ったが、「毎回、空想のおかずを二、三品追加していたから、耐えられた」というのである。今日は生ガキが食べたいなと思ったら、かつて食した絶品の生ガキのビジュアルを思い描き、レモンを搾り、殻から直接、あのつるんとした身を口に滑り込ませ、咀嚼し、舌鼓を打つ一連の動作を実際に行うのだそうだ。いわゆる、「エア生ガキ」をするわけである。脇でその様子を見ていたら、何の儀式かと訝られるだろうが、その儀式は厳粛に行われなければならない。記憶の中にある生ガキのイメージを最大限、リアルに復元する以上は、集中力を高め、想像力をフル稼働する必要がある。

「生ガキときたら、白ワインも必要ですよね」と振ると、「もちろん、白ワインも用意する。これまでに飲んだ高級白ワインが記憶のワインセラーに収めてある」とまでいう。やはり、抜栓し、グラスに注ぎ、香りを確かめ、舌の上で転がし、喉越しを楽しむ儀式を行うのだそうだ。そうやって、以前に自分の舌を甘やかしてくれたメニューの数々を配給の粗食に加えるには、よほどの記憶力と経験が求められる。キャビアやフォアグラソテーや松茸やポルチーニ茸、スッポンやブランド和牛などを追加するにしても、それを食べたことがなければ、再現できない。美食の経験を活かし、塀の中の粗食をいくらでもグレードアップすることができたわけだ。「そうやって、毎回、エア美食をしていたら、集中力が持たないいんじゃないですか」と余計な心配もしたが、それに対する答えもふるっていた。

——再現できるメニューにも限りがあったが、カレーとかラーメンなら週に二回くらいは食べるだろ。だから、繰り返し、再現すればいい。そのうち空想だけで胃もたれするようになったので、その時は普通に出されたメシを食えばいい。たまに粗食で済ますのもいいもんだよ。何より空想の美食のいいところは太らないし、血圧も上がらないし、体に優しいところだ。

それはそうだろう。美味しい霞(かすみ)を食っているようなものだから。もっとも、食事や飲酒の楽しみは会話が弾む相手がいなければ、半減する。独身者の食事が質素になるのは、作っても喜ぶのは自分だけ、批評するのも自分だけで、まともに作るのがバカらしくなるからである。そういう人は案外、ネットに本日のメニューをアップして、コメントをもらうことで独身のハンディを克服する。写真に撮るので、料理もフォトジェニックにしようと、盛り付けに工夫したり、一手間余計にかけたりする。パートナーがいれば、引き籠

一人酒のプロはそば屋から?

もっていても、料理がコミュニケーション・ツールになる。ずっと同じ顔を突き合わせていれば、愛も深まるが、憎しみも増す。料理は関係の悪化と修復、相手への尊敬と軽蔑、その振幅を大きくしてもくれる。

一人飯、一人酒がサマになるようになったら、それは一人前ということである。自堕落にならず、惨めたらしくなく、他人の同情など買わず、他人に興味を抱かれるようであれば、それはプロと見ていい。かなり昔のことだが、渋谷のまあまあ有名なそば屋で飲んでいたら、往年の名脇役高品格(たかしなかく)が一人で現れ、天ざるとぬる燗を注文すると、買ってきた本を読み始めた。ちびちび飲みながら、刑事ドラマの一シーンを思わせる構図に見入っていたら、目が合ってしまい、軽く会釈をすると、微笑で応えてくれた。以来、私の中であの時の高品格こそが、一人酒の模範となったのであった。

ところで行きつけの銀座のバーが苦境に陥っていて、LINEやZoomを使って、オンライン営業を勧めてみた。ママと女の子二、三人とビデオ中継を通じて対面し、客は自前で用意した酒を飲みながら、接待を受ける。要するにビデオチャットしながら、酒を飲むわけだ。当然、感染の危険はなく、体を触られる心配もないし、客の加齢臭や口臭に辟易することもないが、問題は客がそれにいくら払ってくれるかである。営業再開の暁には特典があるとか、クラウドファンディングの一種だといわれても、「味気ないな」と思うだろう。そんな客はきっと要求をエスカレートさせてくるに違いない。遠隔の歯痒さからついコトバが乱暴になり、セクハラの一線を越えたりもするだろう。さらにビデオ画面を介していることから、いつもの癖で画面の中の女子は裸でなければならないなどと錯覚し、「おっぱい見せて」とか、「オンライン・キスしよう」などといい出すかもしれない。その時は「これより先は別料金になります」とかいって、料金表を見せてやればいいのかもしれない。

戦時下、そして終戦後の二年間は最も食糧不足が深刻だった時代だが、焼け跡には闇市が立ち、空腹を満たすために人々が集まった。今は流通も途絶えることなく、食べるものにも飲むものにも不自由はないが、外食、外呑みができない。こういう経験自体が初めてで、飲食の形態が大きく様変わりする不安を誰もが抱えている。元通りになることを期待する一方で、飲食店の廃業、倒産ラッシュという厳しい現実をどう乗り越えるかが目前の課題だが、ポスト・コロナ時代の飲食のかたちはその苦肉の策として立ち上がってくるだろう。

そのヒントは案外、焼け跡の闇市にあるかもしれない。

そう思ったのは、先日所用で吉祥寺を訪れた時である。吉祥寺は休日の人出が多いと聞いていたので、所用を小一時間で済ませ、帰ろうと思ったが、平日の人出は普段の十分の一程度だった。老舗の「いせや総本店」が営業しており、中を覗くと、換気もいいし、密集を避ける席の配置だったので、久しぶりに一杯飲むことにした。実はその前にハーモニカ横丁も歩いてみたのだが、「美舟」といくつかの店が営業していた。都内にはこのような闇市時代の名残をとどめる横丁がいくつか残されていて、テナントも移り変わり、今で

闇市の名残をとどめる上野のアメヤ横丁

は若い個人店主たちが時代のニーズに合った店を営業している。新宿の思い出横丁もゴールデン街も、高円寺のガード下や上野のアメ横、町田の仲見世商店街も、また再開発前の下北沢や溝の口にもあった横丁も闇市が直接の先祖ではないにせよ、その面影を宿している。いくら小洒落た店構えにしようが、しっかりと横丁の場末感を漂わせている。

飲食店の原型でもあり、商店の多様性の宝庫でもあった横丁は再開発の波に煽られ、多くの町から消滅し、駅前にはランドマークのビルが建ち、チェーン店がテナントを埋めていった。結果的に資本の原理に忠実な没個性の街が増殖していったが、不況が恒常化してくると、逆にシャッター通りや横丁が復活再生するようになった。そして、現在は駅ビルを建てるような再開発のスタンダード・モデルが急速に古びてゆく様子を私たちは見ている。資本力の大きい寿司チェーン、居酒屋チェーン、ファミレス、ファーストフードも続々、店舗をたたんでいる。個人商店は疫病蔓延以前から廃業を余儀なくされていたが、ここに来て、大資本も大きな打撃を受けている。再生、再出発が早いのはどちらか？　資本力が弱い個人商店はすぐに潰れるが、裏を返せば、すぐに再建できるフットワークの軽さが売りである。店舗がなくても、屋台で、軽トラックの移動店舗で再開もできる。まさに空想居酒屋が追求して来たミニマリズムがポスト・コロナ時代のスタンダードになりそうな気配なのだ。

経営母体も変わるだろう。何とかホールディングスみたいな親会社を中心としたチェーン展開ではなく、また個人経営とは限らず、協同組合方式による経営、フリーマーケットに出店するような形式もありうるだろう。市営、区営、村営の食堂や居酒屋も現れるかもしれない。生きている限り飲食をやめることはできないのだから、飲食店も今まで以上に持続可能性を追求すべきである。また、飲食は文化であり、その場を提供する飲食店も文化財であり、公共財である。利潤追求とは別の目的に沿って、飲食店を存続させる試みのきっかけを与えられたと思えば、パンデミックという禍（わざわい）を転じて福となすことも不可能ではない。

完全にシャッター通り化した地方の商店街などはその実験場になる。巣籠もりの期間にどの店もテイクアウト・メニューを充実させ、ウーバーイーツもフル稼働したが、食事の場所を自宅から無料休憩所のような公共の場所に移せば、そこが居酒屋や食堂になる。シャッター通りを居抜きで屋台村に変える再開発は駅ビルを建てるよりはるかに簡便かつスピーディに実行できる。空想居酒屋の進化形である「何処でも居酒屋」の登場は目前である。

（二〇二〇年五月）

15　闇市メニュー

米軍の容赦ない空襲により焦土と化した都市の光景を目に焼き付けた人はその後、事あるごとにフラッシュバックを経験している。アポロ計画で人類が月面に立った時も、また阪神・淡路大震災で神戸長田区が焼け野原になった時も戦後の焼け跡を思い出したそうだ。ヨーロッパの諸都市も同様で、戦後は何処も焼け跡から再出発し、戦争のトラウマをどう乗り越えるかが共通のテーマであった。黒澤明の映画『羅生門』は平安時代の物語でありながら、やけに生々しいのは背景や人物像に焼け跡とそこで生きる人々のイメージが重ね合わされているからである。大金を投じて朽ちた羅生門のセットが作られたが、本当はその近くに闇市のようなものを再現したかったらしい。

闇市は映画やドラマでしか見たことがない。実際にそれを自分の目で見た人はどんなに

1946年の東京の闇市

若くても、八十歳を越えている。ヨーロッパの焼け跡では復興は教会の再建から始まったといわれるが、日本の場合は闇市から始まった。厳しい食糧難の最中、配給だけでは賄い切れず、誰もが闇市を必要としていた。大きな風呂敷包みを背負って歩く人を見かけたら、後について行く人がいた。そのうち何かを売り始めるだろうから。生き延びる道は全て闇市に通じていた。新宿の闇市には隣の駅からも見えるまばゆい電灯が照らされ、「光は新宿より」が合言葉になっていた。そこでは金さえ出せば、大抵のものは手に入った。だが、持たざる者は餓死さえも覚悟しなければならず、その恐怖を忘れさせてくれるのが酒だった。だが、メチルアルコールやホルマリンが混じったその酒を飲み干すと、あの世が近くなった。目がかすみ、足腰が立たなくなっても、その酒を飲まずにいられない人々がいた。

私が『退廃姉妹』という作品を書いた時は、映画や小説、戦後史、風俗史の本からかき集めた情報から闇市の光景を再現したが、その中で刑務所を出所した二人の前科者が闇市で何をしたかを描いている。出所者には餞別の九十五円と握り飯五食分が与えられる。一人目は闇市に足を踏み入れるや、むしょうに甘いものが食べたくなり、一杯二十円の汁粉を食べ、一本三十円のビールを飲み、おでんを四十円分食い、残りの五円で再生煙草を吸ったら、文無しになった。二人目は五円で七輪を買い、二十円で大鍋を買い、一つ二円の汁碗を十個買い求め、大鍋で雑炊を煮て、売る商売を始めた。

この二人目の男は「何処でも居酒屋」の元祖みたいなものである。闇市の食堂の名物に「シチュー」というのがあったが、それは米軍御用達の売店PX付属の外国人専用食堂から出る栄養価の高い残飯を再利用して作るシチューのことである。粘り強く食堂裏に張り込み、生ゴミが外に出されるや間髪を入れずにそれを持参のバケツに集め、回収してくる。そして、残飯に混入している煙草の吸い殻やマッチ棒、鼻をかんだ紙などを丁寧に取り除く。残飯には食べ残したステーキの肉片やハム、歯型のついたチーズ、鶏の皮や豚の背脂やあばら骨、魚の頭、ジャガイモの皮、リンゴの芯など雑多なものが入っている。料理人がそれらを大鍋にぶち込み、じっくりと煮込んでしまえば、生ゴミの痕跡は綺麗に消え、食欲をそそるシチューに再生されている。一杯五円で売り出すと、「体がぽかぽかになる」とか「滋養がしみわたる」と評判を呼び、同じ値段で売っているすいとんや焼きめしなど見向きもせず、客はこのシチューに殺到したという。

おそらく成人男子が一日に必要とされるカロリーを一食で満たすことができただろう。食糧難が続いていた時代はカロリーのコスパが重視されていた。健康志向で高カロリー食が敬遠される現代でも、貧困層のあいだではこの原則が生きている。ちなみに最も安価にカロリーを摂取できる代表的メニューはアメリカならマカロニチーズ、日本ならペヤングソースやきそばのメガサイズか。

食いしん坊や酒呑みにとって、戦時中、終戦直後の食糧難と配給制度は悪夢だっただろう。戦争も震災も疫病も普通に享受できた生活を一変させ、心荒む禁欲を強いる。米の配給制度が始まった頃、「肉なし日」なるものがもうけられ、肉を使った料理を一切作らない、売らないというお達しが出た。何を食おうが勝手だという反発もあったが、今日の自粛警察みたいな相互監視が働く中、料理人や食通は抜け道を探した。海の物は肉ではないという理屈で、「肉なし日」の八日と二十八日には鯨を食べる人が増え、巷では鯨（げい）テキ定食が人気を集めた。オットセイの肉を出す店もあったらしい。やがて、酒類も配給制になり、清酒は三ヶ月で一人当たりたったの四合、夏の四十日間でビール八本という、酒呑みからすれば、暴動に発展しかねないほどしみったれたものだった。節酒にはなるが、どうしても飲みたい人は闇で配給切符を手に入れるほかなかった。

　コロナ禍の巣籠もり期間、ホームセンターは大いに賑わっていた。ちょうど苗を植える時期だったこともあるが、庭のある家ではガーデニングに精を出す人が増えた。私は多摩丘陵の住人なので、よく里山を散歩するが、常に足元を見ていて、食べられる野草、キノコ、タケノコを探している。住宅街の中に残った自然はわずかではあるが、散歩者の晩酌のお通しになるくらいのものは自生している。

　ずいぶん前だが、テレビ番組の取材で多摩川の河川敷に暮らす人の仮設小屋を訪ねたことがある。その人は小さな家庭菜園を持ち、また土手に生えるノゼリやツクシ、ノビルをこまめに摘んでいた。ノゼリのおひたしやノビルの酢味噌和えを勧められ、口にしたが、鼻に抜ける香りがたまらなかった。野草は八百屋には売っていないので、貴重だ。里山や川べりでは散歩者が弁当を広げる光景もよく見られたが、私はスーパーで買った惣菜をつまみに持参したワインや酎ハイを飲む野酒をやっていた。散歩道の途中にはキンカンやビワの木もあるし、大根やブロッコリーの畑もある。果実は木から落ちた物を拾い、大根やブロッコリーは盗掘するわけにはいかないので葉っぱの部分をちぎってつまみにする。

焼け跡からの復興が進み、経済成長に向かおうとしていた頃、都内は開発ラッシュとなるが、東京湾の埋め立て工事が盛んに行われていた。そこに栄えた労働者向けの歓楽街を舞台にした川島雄三監督の『洲崎パラダイス　赤信号』という作品がある。これは歓楽街の入り口にある小料理店が主な舞台になっているのだが、物語は行き場を失った流れ者の男女がそこに流れ着くところから始まる。橋の上で途方に暮れていたが、所持金百円で煙草を買い、お釣りが六十円。煮え切らない男に愛想を尽かして、そこに来たバスに飛び乗る。運賃を差し引いて、残りは四十円。バスを降りたところに「女中求ム」の張り紙を見て、二人はその小料理店に入り、ビールを注文する。張り紙を見ると、焼酎は四十円だが、ビールは百二十円である。女は小料理店でそのまま住み込みで働くことになり、かろうじて無銭飲食は避けられる。

川べりの貸しボート屋を兼ねるその店にはこれから歓楽街に女を買いに行く男たちが景

気付けに一杯ひっかけにやってくる。神田でラジオ店を営む落合という男もその一人だが、流れ者の女と懇意になる。男の方は女将の口利きでそば屋の出前になる。

店の作りは粗末で、喧嘩があればすぐに壊れそうなカウンター一つで、闇市の露店より少しマシになった程度だ。女将の夫は別の女と出奔してしまったが、後でバツが悪そうに帰ってくる。子どもが二人いて、奥座敷が生活の場になっており、住み込みで働き始めた女は急な階段を上った屋根裏部屋で寝る。ゴールデン街の酒場には、梯子を上がると、仮眠できるスペースを持つ店があるが、それと似ている。メニューはライスカレー、ラーメン、焼きめし、塩豆といったところだ。この映画を何度も見返すのはこの店で飲んだ気になりたいからである。

詩人の草野心平がかつて経営していた居酒屋もそんな感じだった。福島の文学館の一角にそのレプリカが展示されていたが、六畳一間くらいの狭いスペースにカウンターと小テーブルがあり、客は満員電車状態で酒を飲む。「おまえの肘が当たった」とか、「その一言は聞き捨てならない」などと喧嘩が絶えなかったという。自棄酒(やけざけ)率が高ければ、酒場は自ずと諍(いさか)いの場になる。昔と今で酒呑みの何が変わったかといえば、喧嘩が減り、皆紳士になったことに尽きるだろう。メニューは暗号で書かれていて、「冬」は豚の煮こごり、

復元された居酒屋「火の車」（写真提供／いわき市立草野心平記念文学館）

「泥んこ」はカツオの酒盗、「白」は冷奴のことだった。二級酒の暗号は店の屋号と同じで、「火の車」。そんな屋号をつけたのが災いしたのだろう、わずか四年で店はたたまれたという。いつかそんな店を持ちたいが、屋号はよくよく考えなければならない。

（二〇二〇年六月）

16　奇想料理とベジ呑み

イタリア料理店のピッツァや前菜の盛り合わせのメニューによく「カプリチオーソ」というコトバがついているけれども、これは「気まぐれ」「いい加減」程度の意味である。超絶技巧を要するパガニーニの『24のカプリチオ』というのがあり、これは「奇想曲」のことであるから、少し気取ったいい方をすれば、「シェフの奇想に基づいたメニュー」ということになるか？　実際にどういう料理が出てくるかは、注文してみなければわからない。たぶん、残り物や切り落としなどを適当にあしらったり、トッピングしたりしているのだろう。

巣籠もりが続き、家で料理する回数が増えたので、メニューのバリエーションを増やそうと、料理番は必死になっている。ネットで検索すれば、どんな素材であっても、レシピが何百、何千通りと紹介されている。レシピには著作権はないので、大いにパクればいいい。私も韓国で流行っているヤンニョムチキンやチーズタッカルビをネット・レシピで作ってみた。近所のスーパーで深海魚のゲンゲを手に入れた時も、調理法を調べた。便利ではあるけれども、家庭料理では大胆な創意工夫はなく、煮付けや天ぷら、味噌汁などに一手間加えた程度のレシピばかりだった。家庭の料理番からシェフへの進化を目指す者は、奇想を発揮し、新メニューを開拓すべきところかと思う。

代々木上原にある居酒屋「笹吟」では和え物のメニューが充実している。「旬の野菜や魚介を様々な調味料を仲人にしてマリアージュさせる」などという表現がぴったりの繊細な奇想が発揮されている。和える素材や調味料の組み合わせのバリエーションは無限にある。中には禁じ手もあるが、基本、どんな組み合わせも可能である。

和え物と聞いて、最初に何を思い浮かべるか？　弁当の定番、インゲンやホウレン草の胡麻和えか、酢味噌で和えたヌタか、あるいは潰した豆腐と和える白和えか、和がらしやわさびや酒粕、コチュジャン、豆板醤などを使ったものか？　使う調味料によって、まずは基本のバリエーションができ、次にどんな素材を組み合わせるかを考えるだけでも、百通り以上のレパートリーができる。そうした基本から創造的逸脱に踏み出せば、さらに和え物宇宙は拡大する。

我が家では和え物にオリーブオイルが欠かせない。今や定番となっているのは、エキストラ・ヴァージン・オリーブオイルと梅干しの組み合わせである。種を抜き、叩いた梅干しをオリーブオイルで伸ばし、魚介を和える。たとえば、タコ、イカ、ホタテ、ツブ貝、サーモン、スズキ、タイ、ヒラメなどの刺身との相性は抜群である。少し量を増やしたければ、これにヤマイモ、アボカド、メロン、桃、パイナップルなどのぶつ切り、エシャロット、タマネギ、大葉、トマトなどのみじん切りのいずれかを気分によって加えてもいい。隠し味に少量の白ワイン、塩昆布を入れると、確実に酒が進む。梅干しの代わりに、カツオの酒盗を使えば、酒盗和えになり、こちらはレモン汁をふりかけ、タイ、イサキなどの白身魚やアジ、イワシなどの青魚の刺身を食べれば、「変わりカルパッチョ」となる。

個人的には「肝和え」というコトバに過剰に反応してしまう。秋から冬にかけて、肝に脂肪分を蓄えたカワハギの肝和えほどうまいものはない。ウニに匹敵する味わいの肝は淡白な白身に甘みとコクを付与してくれる。同じ魚の身と内臓を和えるので、「共和え」ともいう。もちろん、わさび醤油で食べてもいいのだが、私は七味唐辛子をたっぷり振ったポン酢醬油で食べたい。同じ方法で、アワビやサザエの肝和えも作る。内臓を調味料にす

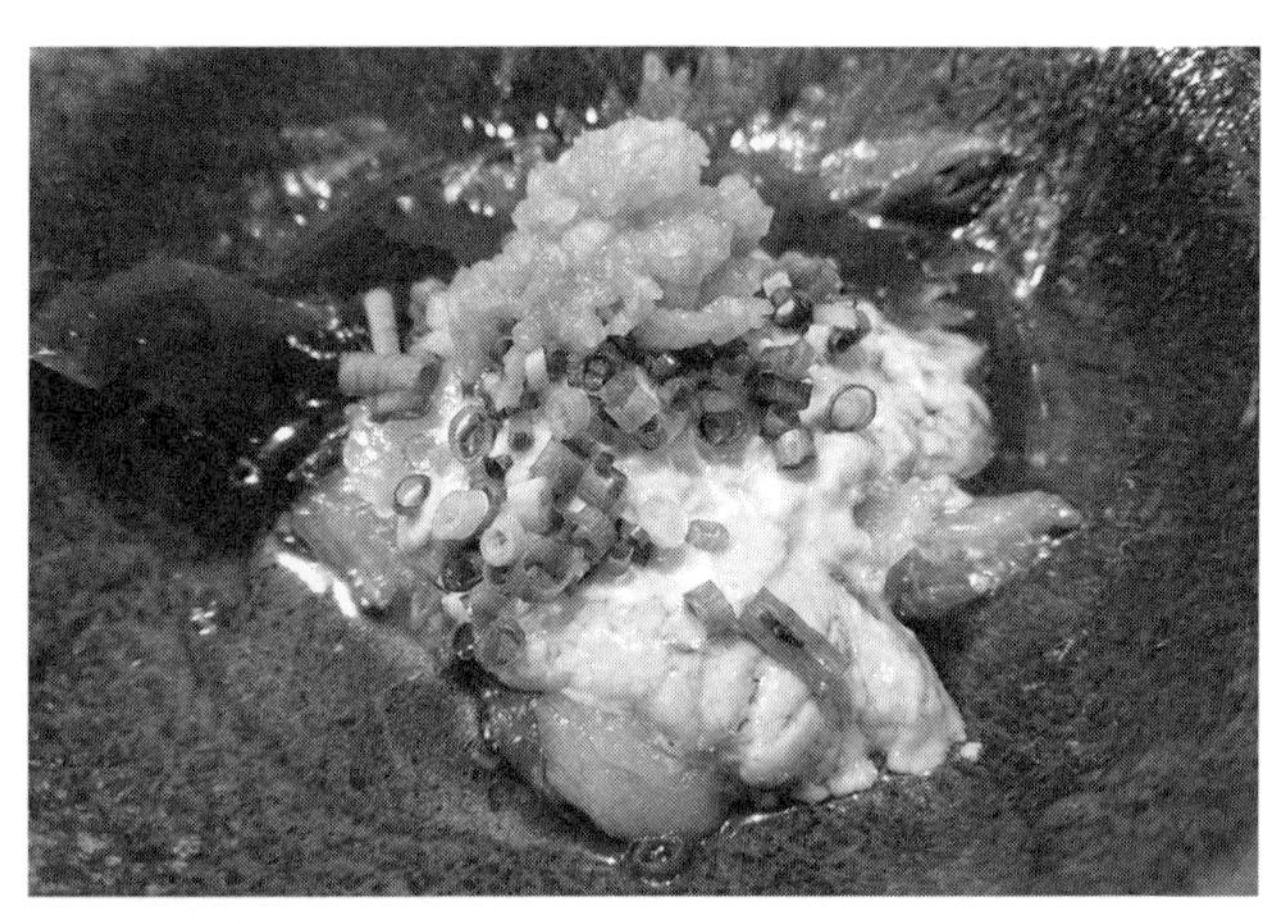

カワハギの肝和えがたまらない

るという発想は漁師由来だろうか？　肝には独特の苦味やクセ、コクがあり、海水の塩分も含まれているので、醤油も塩も無用ということになったに違いない。ところで、先日、新宿のバー「エスパ」で飲んでいたら、岐阜から戻ったばかりの客が今朝釣ったという鮎を提供してくれた。ママは何もしないので、私がその鮎を塩焼きしたのだが、鮮度が抜群にいいので、三枚におろし、皮を剝ぎ、刺身でも食べた。その身はほんのわずかで、皮と内臓と頭と骨が残った。これを捨てるのは惜しいと思い、包丁で叩いてミンチにし、味噌と七味唐辛子で和え、なめろうのようにしたところ、ほのかな苦味があり、アイラモルトとの相性が抜群だった。

料亭などの需要が減り、高級魚が安いが、我が家ではよく蒸し魚をする。蒸した魚に針ショウガと白髪ネギを合わせ、醬油とごま油をかける清蒸魚は定番だが、これに改良を加え、蒸し魚のバリエーションを増やした。中華料理の技だが、魚の身に切り込みを入れ、そこに金華ハムの薄切りや戻した干し椎茸の薄切りを挟んで、蒸し上げる手法がある。金華ハムは清湯のだしに使うので、塩気とアミノ酸の塊で、これを魚の味付けに使うのだ。金華ハムや干し椎茸の代わりになり得るのが、高菜漬やアミの塩辛、干し貝柱を戻したものなどである。昆布が合うのはいうまでもない。基本、旨味を補うものなら、何でも合うので、沢庵やキムチを挟んでもいい。最後の味付けを醬油ではなく、ナンプラーと砂糖にするなら、スライスしたパイナップルやレモンと一緒に蒸せば、タイ料理風になる。

夏は野菜の滋味が高く、価格も安く、鮮度がいい状態で手に入る。町の居酒屋では野菜料理が少ない。サラダというと、いまだに千切りキャベツとレタスとトマトにマヨネーズがかかったものが出てきたりする。近頃はサラダバーを置く店も増え、客は好みの野菜を自分で皿に取り、好みのドレッシングで食したい。野菜の品種も多様で、レタスだけで七種類、トマト六種類、根菜に至っては十種類と豊富な品揃えのサラダバーだと、メインにたどり着く前に満腹になる。

　無印良品の糠床が人気らしく、手に入れて漬けてみたが、悪くない。ニンジン、大根、カブ、キュウリ、ナスなどのレギュラー・メンバーに加え、セロリやキャベツ、スイカの白いところ、カボチャ、ヤマイモなども漬けてみた。古漬のキュウリをミョウガと一緒に刻んだものなどは酸味が強く、食欲を刺激する。

　どう食べても美味しい夏野菜だから、シンプルに焼き野菜や蒸し野菜、バーニャカウダにし、それをダラダラと食べながら飲む「ベジ呑み」も楽しい。ネットで注文し、現地から直送されてきた段ボールを開け、薬物はちぎって、そのまま食べたり、サラダにしたり、焼いた肉や魚を包んで食べてもいい。ナスは直火で焼くか、皮を剝いてアルミホイルに包み蒸し焼きにする。カボチャやイモ、ネギ、タマネギ、トウモロコシの類は直火で焼くか、蒸籠（せいろ）で蒸す。オリーブオイルと塩、コチュジャン、マヨネーズ、味噌、塩辛、酒盗、チーズ、ハム、ソーセージなどを脇役にし、野菜メインの食卓とする。物足りない向きには、焼き、蒸しに、揚げを加えてもいい。野菜を充実の食事にするには、天ぷらが一番だ。定番のナス、レンコン、イモ、春菊、ゴボウ、ニンジン、タマネギのほかに、新ショウガや大根も揚げる。大根に醬油やみりんで下味をつけておき、粉をまとわせて、フレンチフライのように揚げたメニューが一部の居酒屋にある。フレンチフライよりカロリーが低く、あっさりとしているので、いくらでも食べられる。

締めにご飯が食べたいという人には、トウモロコシ飯やショウガ飯、大根飯、菜飯(なめし)などはどうか。トウモロコシ飯は粒をそぎ落とし、細かく刻んだ油揚げとともにだしで炊くが、その際に芯を入れるのを忘れないようにする。トウモロコシ独特の香りは芯から出るからだ。ショウガ飯も大根飯も同じように炊けばいいが、菜飯は大根やカブの葉を細かく刻み、フライパンで炒め、水分を飛ばし、塩、醤油、砂糖、好みで味の素や塩昆布、ゆかりなどで味を調え、炊き上がった白米に混ぜるだけ。煮干しのだしで濃い味噌汁を作っておけば、そこに刻んだキュウリ、大葉、ミョウガを投入し、冷汁にする手もある。

「カプリチオーソ」というコトバは、若い頃に通っていた沖縄料理店のマスターを思い出させもする。今はマスターも沖縄に帰ってしまい、この店は記憶の中にしかない。刺身もチャンプルーもソーキそばもあったが、時々、気まぐれにメニューにないつまみを出してくれ、泡盛をしたたかに飲んだ。中でも忘れられない裏メニューは、マスターが「乞食そば」と呼ぶものだった。

茹でてある沖縄そばにかまぼこ、スパム、青ネギ、紅ショウガを入れ、ごま油と味の素、醤油少々で味をつけただけの汁なしのそばだった。あっさりした油そばみたいなものである。これが予想外にうまいので、酒の締めによくリクエストしていた。沖縄でもお目にかかったことがないので、マスターの奇想料理かと思いきや、そうではなく、博打ばかり打っていた彼の父親がよく食べていた料理だという。博打仲間と朝から花札をして過ごしていた彼の父親は、市場で材料を買ってきて、洗面器に数人前の「乞食そば」を作り、昼食にそばの部分を食い、具のかまぼこやスパムをつまみに泡盛を飲み、博打を続けたのだという。食事をする時間すら惜しんで博打にうつつを抜かすギャンブラー専用メニューで、オールインワンの万能食となっている。コンロも無用で、ただ洗面器の中で和えるだけでいい。この貧乏くさい料理は三十年来、我が家の定番になっており、「気まぐれ」に具がツナやジャコ、シラス、チャーシュー、鶏そぼろに変わったりする。（二〇二〇年七月）

17 スープで呑む

韓国にはヘジャンクというジャンルがある。二日酔い予防、あるいは回復に効果があるスープのことだが、牛の血を豆腐状に固めたものや干鱈、豆もやしのスープはその代表的なものである。適度な塩分、旨味のあるスープによって、アルコール過剰摂取による脱水症状をカバーし、かつ空腹を補う。ところで、日本では酒の締めに、ラーメンやそば、うどんの類を食べるが、それらが二日酔い予防、回復に効果があるとは誰も考えていない。しかし、アサリやシジミのだしが効いた味噌汁ほど二日酔いの身にありがたいものはないことは大抵の酒呑みは知っている。これまで幾度となく、汁物、スープに窮地を救われた経験から、汁物を肴に飲むことを追求してみたい。

韓国の汁物にはよく煮干しのだしを使うが、「味の素」「ほんだし」などの旨味調味料が浸透するまではどこの家庭でも、丁寧に煮干しでとっただしの味噌汁が朝餉、夕餉に供された。私の記憶に残る味噌汁は秋田出身の祖母が作った濃厚な煮干しだしのかなり塩辛い大根の味噌汁だ。本気で作った味噌汁は酒のお供にもなり得る。韓国の味噌汁といえば、テンジャンチゲだが、納豆の香りがするこの独特の味噌で作るチゲは具材こそ、ズッキーニとタマネギ、豆腐程度であるが、煮干しと納豆の風味にハマると、朝食はこれにキムチとご飯だけで充分だし、酒も飲める。普通の味噌汁に納豆を入れても、テンジャンチゲに近いものはできる。煮干しのだしはうどんのだしにも向いていて、西日本ではそれが定番だし、韓国のカルグクスもそうだ。韓国式のそうめんのハルモニ（お婆）風の食べ方は、古漬のキムチを軽く洗い、刻んで、醤油とごま油を少し加えたものを茹でて水で締めたそうめんに乗せ、上から、熱い煮干しだしをかける。合わせだしが主流のラーメンでも、豚骨醤油に煮干しだしを合わせている。

煮干しは苦味を嫌う人は頭と内臓を取るが、逆にほのかな苦味を好む人はそのままでもいい。湯で軽く戻した煮干しをほぐして、オリーブオイルで和えたりすると、ドライ・アンチョビになり、調味料として使うこともできる。

貝だしの味わい深さも酒呑みを虜にする。貝それ自体の中に凝縮された旨味を加熱に

焼きガキの汁はヤバすぎる

よって引き出す。たとえば、カキ。レモンを搾って、生でズルッと食べるのもいいのだが、焼きガキにすれば、旨味たっぷりの汁も堪能することができる。殻の中の汁をこぼさないようにするにはタイミングを見極め、ひっくり返す熟練の技が要求される。殻から外したカキならば、昆布だしで三十秒ほど茹でて、取り出しておき、カキの旨味が出たやや白濁したスープで豆腐を煮て、温まったところにカキを再投入し、針ショウガを散らす。こうして作ったカキの湯豆腐をつまみながら、冷酒を飲めば、その甘さが際立つだろう。

ベルギー名物といえば、ムール貝とフレンチフライの組み合わせだ、鍋にてんこ盛りで出てくるムール貝を、貝殻をハサミにして身を外し、ひたすら口に運び、合間にフレンチフライをマヨネーズ、あるいはビネガーにつけ、貪り食う。一緒に飲む酒はもちろんビールだ。鍋の底が見える前に飽きてしまうかもしれないが、やがて、貝の旨みが凝縮されたスープが見えてくる。そのままでは塩辛いので、ウェイターに頼んで、お湯で薄めてもらい、パンを浸して食べる。しかし、そこにスープがあれば、麺を投入せずにはいられないのが、麺食いの性（さが）というもので、連日、こってりした食事が続き、「だし物」に飢えていた私はブリュッセルのレストランで、スパゲッティを茹でてもらえないかと懇願し、わがままを聞き入れてもらったことがあった。汁だくボンゴレは貝だしのうどんのようで、ネギが欲しかった。

アサリやハマグリ、シジミ、ホタテ、ホッキ貝、どれもいいだしが出るが、亜鉛豊富な貝だしを酒と交互に飲んでいる限り、肝機能は活性化される。貝だし呑みの極め付きは、アワビのしゃぶしゃぶだ。薄切りアワビを昆布だしにくぐらせ、肝ポン酢で食べ、締めをアワビ粥にするこの贅沢は誕生日の自分への褒美にする。飲む酒はやはり大吟醸だろう。

ベトナムのフォーのスープは牛肉のスープがベースになっているが、チキン・スープを用いる屋台もある。フォーの歴史はそれほど古くはなく、フランスの植民地時代に牛肉を食べる習慣が入り、フォン・ド・ボーが料理文化の中に取り入れられたことに由来する。日本でも牛肉食は明治維新時に取り入れられたが、なぜか牛骨からだしを取る文化は根付かなかった。韓国ではソルロンタンやトガニタンを筆頭に、牛骨だしがスープ料理全般に使われるのとは対照的だ。フォーのスープはあっさりしていて、米粉の麵や卵麵と合わせ、もやし、ハーブ、牛肉、ワンタン、フィッシュボールなどをトッピングして、ライムを搾って食べる。最後の味付けは客に委ねられていて、ニョクマムやチリソースがテーブルに置かれている。トッピングの牛肉はシチューのように煮込んであるもの、生肉を熱いスープで霜降り状態にして食べるものなど各種ある。ベトナム人の朝食の定番ではあるが、具沢山のフォーで酒を飲むこともちろんできる。鍋物のように最初は麵抜きでトッピングをつまみに酒を飲む、締めに麵だけ食べるという変則技を使う。

チキン・スープは料理における世界共通語といってもいい。ユダヤ人の友人は弱ってくると、「ママのチキン・スープが食べたい」を口癖にしていた。韓国人は参鶏湯という最強のチキン・スープを持っている。中国人は丸鶏と豚の肩ロースと金華ハムを八時間、静かに煮込んだ上湯(シャンタン)スープをあらゆる料理のベースにする。日本には鶏の水炊きがある。福岡県民は豚骨ラーメンにせよ、水炊きにせよ、白濁スープがお好きなようで、骨ごと強

チキン・スープは料理の世界共通語だ

火で煮ることで骨に内包されたアミノ酸を絞り出してくる。あのスープを飲むと、温泉に浸かったような安堵感、血管が緩む心地よさについうめき声を漏らしてしまうが、酒のお供のスープとしては極上のものである。柔らかく煮込まれた鶏も塩コショウ、ポン酢などで食べるのだが、焼酎との相性が抜群である。試しにチキン・スープで焼酎を割って飲んでみたら、これがかなりいけた。酒とスープのカクテルということになるが、焼酎に昆布を一切れ入れる昆布焼酎というのがあるくらいなので、昆布だしや貝だしで割って飲んでもみたが、悪くない。そういえば、イワナの骨酒は焼いたイワナに熱燗を注いだものだが、これなどは酒とスープのハイブリッドといえる。

飲むサラダともいわれるガスパチョも、ワインのつまみになるし、同じスペイン料理の温かいスープなら、パンチの効いたソパ・デ・アホ（ニンニクスープ）をすすりながら、カヴァを飲みたい。南仏を旅した時は、ほぼ毎回、魚のスープを注文していた。これはブイヤベースの汁部分であるが、近海の小魚を雑多に煮込み、それを漉して、サフランで色付けをし、サフランバターを塗ったパンをクルトンとしてあしらった濃厚なスープで、スプーン一杯ごとに白ワインを一口飲んでいると、食べ終わる頃にはボトルは半分空いている。イタリアでは具材がしっかり原型をとどめているズッパ・ディ・マーレ（海のスープ）を食べずには去れない。とりわけナポリの下町にある食堂で供されたそれは二日連続で通ったほど絶品だった。具材はタコ、テナガエビ、ムール貝、白身魚など、店によっては小さなエイが入っていることもある。軽く熱を通した具材をパンを敷いた皿の上に並べ、そこに熱々の魚介のスープをかけ、仕上げに唐辛子のオリーブオイルをかける。イタリア式海鮮鍋とでもいうべきこの具沢山スープには、炭酸水で割った白ワインをがぶ呑みするのがベスト。

中欧に向かえば、そこにはグヤーシュがある。牛肉や野菜をパプリカ風味で煮込んだシチューのようなスープだが、これを一つ注文すれば、ジョッキ二杯のビールが飲み干せる。さらにロシアに向かえば、そこには多様なスープが待ち構えている。最もよく知られたボルシチは元来、ウクライナ料理であるが、ボルシチのシチというのがスープという意味である。ビーツの赤が鮮やかなあのスープには酢漬けキャベツや牛肉、ジャガイモなどが入っている。ほかには魚のスープであるウハー、ハムなど雑多な具が入ったサリャンカなどがあるが、韓国のチゲ、日本の味噌汁と同様、家庭ごとに味が違い、多様である。

熱帯に向かうと、ココナッツ味のスープに特徴がある。魚のスープの味付けにココナッツミルクを入れ、コクを出したりする。タイのカレーがまさにそれで、香辛料と併用することで甘さと辛さの絶妙なハーモニーが生まれる。

かつてブラジルを旅したことがあったが、その際、アマゾン川中流域の都市マナウスを訪れた。どんな料理でもてなされるのか楽しみにしていたのだが、ナマズやピラニアを水煮しただけのごくシンプルなスープが出てきた。これにライムを搾り、塩で味付けして食べるのだが、ポン酢醤油でもあれば、タラやフグのちり鍋とほとんど同じ味になる。リオデジャネイロではココナッツとデンデ油を使ったこってりしたバイーア州料理を食べ、胸焼けと格闘していたのだが、アマゾンではごくあっさりとした淡水魚のスープが出てきて、アフリカ系と先住民の味の好みは全く異なり、後者の好みはアジア人に似ているのだなと思った。

（二〇二〇年八月）

18　世界の屋台に立つ

思うように海外に出かけられないまま長い時間が経過してしまった。政府主導の利権漁りの一環で「ＧｏＴｏ」キャンペーンで日本国内の旅行の出足が戻りつつある中、思いは海外の絶品料理に飛ぶ。旅先では市場巡りを欠かしたことのない私が一番恋しいのは何かと聞かれれば、もちろん市場の飯、地元に根ざした屋台の飯と答える。春休みには台湾と韓国を交互に訪れるのが近年の恒例になっていたが、それも叶わなかったので、まずは台湾の屋台に思いを馳せつつ、「エア呑み」をしたい。

台湾のどの町にもある夜市は確立された一つの文化といっていい。毎日開かれる縁日、常設のフェスティバル会場といった雰囲気の夜市は市中のレストランと見事な棲み分けが行われていて、早めに店じまいしてしまうレストランに行きそびれた人は自ずと夜市を目指すことになる。午後九時過ぎくらいから店が開き、深夜まで賑わう夜市にはあらゆる屋台が集結している。臭豆腐のにおいが立ち込める中、海鮮料理、臓物料理、スープ料理、串焼き、饅頭、かき氷とあちこちに目移りし誘惑され、挙動不審な動きをしている自分に気づく。

醤油で煮た豚の内臓の各部位を売る屋台を夜市ではよく目にするが、西荻窪には「珍味亭」という名店がある。大鍋で煮込まれた耳、豚足、ガツ、カシラ、タン、ハツ、コブクロ、バラなどをスライスしたものをニンニク醤油で食べながら、ひたすら酒を飲む。メニューはほかにビーフンと手羽先、煮卵くらいしかない。ビールで喉を潤した後は度の強い白酒（バイチュウ）をリズムよく飲みながら、管（くだ）を巻くのがこの店に似つかわしいスタイルか？　台湾における豚足は、専門店、チェーン店もあるくらい定着しているが、通は後ろ足のけづめを好んで食べる。ゼラチン質豊富なこってりとした豚足には豚のだしであっさりとした大根のスープが欠かせない。

台湾は食いしん坊の好奇心を刺激してやまない料理の宝庫であるが、かなり広く浸透している屋台料理に麵線（ミエンシエン）というのがある。これはモツとカツオだしのスープで短いそうめん状のヌードルが煮込まれている。とろみがあり、だしの風味が絶妙なのだ。消化もよく、腹にもたれることはない。また魚の頭スープはその名の通り、白菜などの野菜がたっぷり入ったスープに油で揚げた掌よりも大きな魚の頭が入っている。これは地方の屋台料理なのだが、その店を継いだ娘がシステムを一新し、通信販売にまでビジネスを広げている。カキのオムレツ、切り干し大根のオムレツは台湾の二大卵料理だし、ワンタンメンや牛肉麵への台湾人のこだわり方は日本のラーメン通に匹敵する。台湾では朝食も屋台で食べられる。粥と油条、温かい豆乳の組み合わせほど食道楽の都で迎える朝にふさわしいものはない。豆腐料理も様々にアレンジされており、出来たての豆腐に各種のトッピングやソースをかけて食べたり、シロップをかければ、デザートにも展開できる。また揚げ豆腐や干し豆腐、湯葉の加工食品も豊富で、コンビニでもつまみの定番として、甘く、あるいは甘辛く味付けしたものが売られていて、ホテルの部屋で飲む際のお供になる。

粥と豆乳を出す店はチェーン展開もしており、どの町にも支店がある。ファーストフード店のように明るく、清潔で、安っぽい店内には、デパ地下の惣菜売り場のようにおかずが並んでおり、客は好きなものを皿に盛り、レジで精算してテーブルに持ってゆく。魚の切り身を蒸したものとか、姫竹のナムル風とか、ニンニクの効いた叩きキュウリとか、腐乳とか、各種豆腐加工食品など三十種類にも及ぶ。時間を惜しみながら朝食を取っている

台湾の夜市の屋台。これで酒が置いてあれば……

店に長居して朝から酒を飲みたくなる。

　夜市にはカラスミだけを売っている屋台もあった。土産に買ってゆく人ばかりでなく、ここでは薄切りの大根とニンニクの葉の上に炙って分厚く切ったカラスミを乗せたものを店頭でも出していた。ここは素通りできないと思ったが、酒は出していない。夜市の屋台は食べる専門で、基本、酒を置いていない。台湾の成人の飲酒率は一〇パーセント程度で、韓国や日本と較べると、かなり低い。コーラでカラスミなんてミスマッチもいいところなので、最寄りの酒屋、コンビニでビールや紹興酒、あるいは白酒を買ってきて、屋台の隅を借りて飲んだ。これもまたミニマムな居酒屋である。メニューはカラスミオンリー、客はここで前菜としてカラスミをつまみながら、アペリチーフのワインや日本酒を飲み、メインは別の店に食べに行く。カラスミを炙るための七輪一つと、包丁、まな板、組み立て式のカウンターテーブル、これだけのインフラですぐに開業できる。

厚焼き卵専門店なら京都の錦市場にあるし、鶏の唐揚げ専門店は大分県のみならず全国にあり、酒も飲めるタコ焼き店といえば、「築地銀だこ」が全国展開している。カラスミ屋台に倣って、まだ巷に存在しない一品限定の酒場を続々開店させるのも面白そうだ。たとえば、かまぼこ食堂、鯛の昆布締め屋台、しめ鯖酒場、コロッケ専門店、ハムカツ・バー、イカフライ・バー、焼き豚酒場、沢庵居酒屋、糠漬屋台、冷奴酒場など無数に考えられる。

起業、起動のことをスタートアップというが、それなら屋台は古くからスタートアップの典型だった。外食産業で成功を収めた人も屋台から始めたという話をよく聞く。ラーメン、餃子はその最たるものだ。最初の店が繁盛すれば、支店を出してみたくなるもので、野心旺盛ならさらにチェーン展開、世界進出というコースを辿る。ネットでの情報拡散、コマーシャル戦略により、拡大や撤退のテンポが加速している感がある。

ピンデトックの屋台から逃れられない

ソウルで一番古い市場は広蔵市場（クァンジャン シジャン）だが、ここは私のお気に入りで、毎回必ず訪れる。名物屋台、横丁がたくさんあって、とりわけ有名なのがユッケ横丁である。メニューはごま油、醤油、砂糖、コチュジャン、梨などで甘辛く調味された牛の生肉とセンマイの刺身しかない。どれも大盛りで、一皿二百グラムはある。やや勇気が必要で、思い切って食べてみたが、なんともなかった。市場のメインの通りは屋台だらけで、人も多く、荷物を積んだバイクも通るのでカオス状態だが、アジュンマの手招きで、ピンデトックの屋台に入る。これは豆を石臼で挽き、もやしなどと一緒に油で揚げ焼きにしたチヂミの一種だ。キムチと一緒に食べる。値段も安く、私が食べた時は一枚四千ウオン（約四百円）だった。その隣にはビビンバ専門店があって、十数種類の野菜を自分の好みで選ぶと、五穀米とタレを入れてくれるので、自分でよく混ぜて食べる。どちらもベジタリアン仕様になっていて、すんなりと腹に収まる。またここに来たら、必ず買って帰るのが麻薬キンパブと呼ばれる海苔巻である。通常のものより小ぶりで、一口サイズになっており、中身もキムチだけというシンプルなものだが、名前の通り、やめられなくなる。完璧に炭水化物祭り状態で、これ以上は食べられないところだが、ここのカルグクスを食べずに去るのは惜しい。韓国式のうどんであるが、煮干しのだしが胃に優しく、付け合わせのキムチが調味料の役割も果たす。がっついて食べていると、「うどんもう少しあげようか」とアジュンマが声をかけてくれる。この店のアジュンマは広蔵市場では新参者で、古参の人にかなりいじめられもしたらしいが、めげずに頑張り通し、息子を大学まで進学させたことが自慢だ。

インドはデリーやコルカタでも屋台に足を運んだ。牛肉を食べないヒンズー教徒、豚肉を食べないムスリムが人口の多くの割合を占めるので、ここでは羊とチキンが中心になる。マックではベジタリアン用に豆のバーガーがあるし、ビーフの代用は羊肉だと聞いた。町にピッツァ店ができ、その広告を見て、一度でいいから食べてみたいと憧れを募らせた少年が大人の手伝いで小遣いを稼ぎ、食べに行こうと努力するというインド映画を見たことがあるが、念願叶ってピッツァを口にしたその少年は「あんまり美味しくない」と呟くオチに笑った。インドではカレーもサモサもチョウメンも全て屋台で売っているが、制服のウェイターがサーブするレストランよりよほど美味いのだ。コルカタでは珍しいビーフカレーを見つけ、素焼きの壺に入れてもらい、ホテルに持ち帰り、やはり屋台で買ったサモサやナンで夕食をとったことがあった。スラムにはチョウメンの屋台が出ていて、食べてみたが、悪くなかった。ソース焼きそばそっくりのチョウメンはインドの隠れた国民食といっても過言ではないくらいポピュラーだ。大都市には中華料理店も多いが、酢豚もエビチリも全ての料理をカレーのようにご飯に混ぜて食べているインド人を見て、結局それが一番美味いのかもと思った。

インドは国産の酒が種類豊富であることは意外と知られていない。一日の決まった時間にのみ開店する酒屋で色々仕入れたが、ジン、ラム、ウイスキー、コニャック、ワイン、ビールと全て揃っている。それらも地酒というのだろうが、「インディアン・フォーリン・リカー」と総称されていた。日本の洋酒各種みたいな感覚だ。やけに色の濃いラムとウイスキーがこってりとした風味があり、コスパもよく、またカレーとの相性も抜群だった。

今まであれこれ、飲食についての能書きを垂れてきたが、空想居酒屋も閉店が近づいてきた。そろそろ空想を実現しなければならない。次回と最終回は空想居酒屋の進化形である「何処でも居酒屋」を開店し、実際につまみを作り、酒を飲む。だから、これが最後のエア呑みとなる。

最近、友人が急性膵炎（すいえん）と診断され、入院した。しばしば深酒に付き合わせたので、私も共犯者であり、他人事とは思えなかった。その友人は医師から「生涯断酒」を勧告され、落ち込んでいた。医師は時に残酷な宣告をするが、膵炎の場合、少量の酒でも炎症のトリガーになるらしい。友人は今後、エア呑みの達人になるしかないのだろうが、本稿はその助けになるはずである。想像力豊かな人はお茶でもジュースでも、白湯（パイタン）でも酔うことができる。ドクターペッパーをカクテルグラスに注げば、スイートベルモットと勘違いできる。実際、薄い酎ハイレモンとレモン入りの炭酸水はほとんど味は変わらないから、アルコールに執着せず、病みつきになるノンアルコール・ドリンクを開発すればいいのだ。

（二〇二〇年九月）

19 「何処でも居酒屋」開店

「包丁一本　晒(さらし)に巻いて　旅へ出るのも　板場の修業」と「月の法善寺横町」に歌われている通り、板前は旅人である。包丁さばきと料理レパートリーを頼りに何処でも生きていけなければならない。友人にはイタリアンのシェフから居酒屋の板長に転身した人もいるし、ニューヨークで寿司を握っている中学時代の同級生とばったり遭遇したこともあった。

これまで客として訪れた魅惑の居酒屋、屋台をコトバを尽くして再現し、エア呑みを極めようとしてきた。また絶品のつまみを空想のテーブルに並べ、読者に大量の唾液を分泌させてきた。折しも、新型コロナの感染拡大により、外呑みの機会が激減し、続々と名店が暖簾をたたみ、新たな飲食のスタイルの開発が急務となっていた。空想居酒屋もエア呑みからリアル呑みの段階に入った。「空想居酒屋」の進化系である「何処でも居酒屋」の開店準備も整った。

名前の通り、何処でも開店できるのが、最大のメリットではあるのだが、公園や路上で店を広げても、近隣住人や警察に注意されるまでのあいだしか営業ができない。火を使う料理はとりわけ規制がうるさい。許可さえもらえれば、閉店中の店先を借りたり、民家の庭やガレージでも開店できるが、そこはあらかじめよく話し合っておく必要がある。調理インフラはこちらで全て揃えるにしても、水がなければ、居酒屋は干上がるので、最低、水道が使えることが条件になる。

候補はいくつかあったが、初台にある行きつけのカフェ「ＨＯＦＦ」には半分オープンエアのテラスがあって、ここでは予約客がバーベキューを楽しめる仕様になっている。スペースも充分あるし、煙草も吸えるし、風通しもよく、近隣住民からのクレームもなさそうだ。店主のナオキ君も好奇心満々で、月に一度の休業日である第三月曜日にこのスペースを貸してくれることになった。

場所を確保したら、最寄りのスーパーを探す。徒歩圏内に「オーケーストア」があり、食材の買い出しはここで行うことにする。メニューは頭の中に入っている。必要な食材は

普段は喫煙や深呼吸、酔い醒ましの場所として使われている「HOFF」のテラス

スーパーの食品売り場を物色中の筆者。フライパンもここで購入

野菜、魚介、肉、加工食品、缶詰、調味料と種類ごとに整理されているので、メモなどいらない。買い物をしながら、安売りの商品、旬の食材を見つけ、急遽、メニューに加えるといった臨機応変な対応をするのが、「何処でも居酒屋」の基本方針である。この日は卵が安かったので、二パック、二十個買っておいた。

「何処でも居酒屋」はフットワークが命なので、調理インフラはコンパクトにまとめ、自分で持ち運べるようにしておかなければならない。家から機内持ち込みサイズのキャリーバッグを持ち出した。メインの収納スペースに、ステンレスのバットを合わせたら、ピッタリと収まった。このバットは高円寺のリサイクルショップで三百円で買ったもので、大量の揚げ物をする際に、パン粉を入れて使うのに最適と思われる。かなり大きなバットなので、小型のカセットコンロと調理器具、調味料一式は全て収納することができた。

コンロは二つあると、作業効率も二倍になる。小型のものなら二つまではキャリーバッグに収納可能だ。鍋は大小二つのフライパンがあれば、充分だ。スーパーでも千円未満で売っているテフロン加工のものは用意した。深さのあるタイプなら、炒め物、焼き物はもちろん、煮物もできるし、油を張れば、揚げ物もできる。鍋物をする場合はフライパンの代わりに、アルミ製の鍋を用意し、その中に調味料を収納すればいいし、人数が多けれ

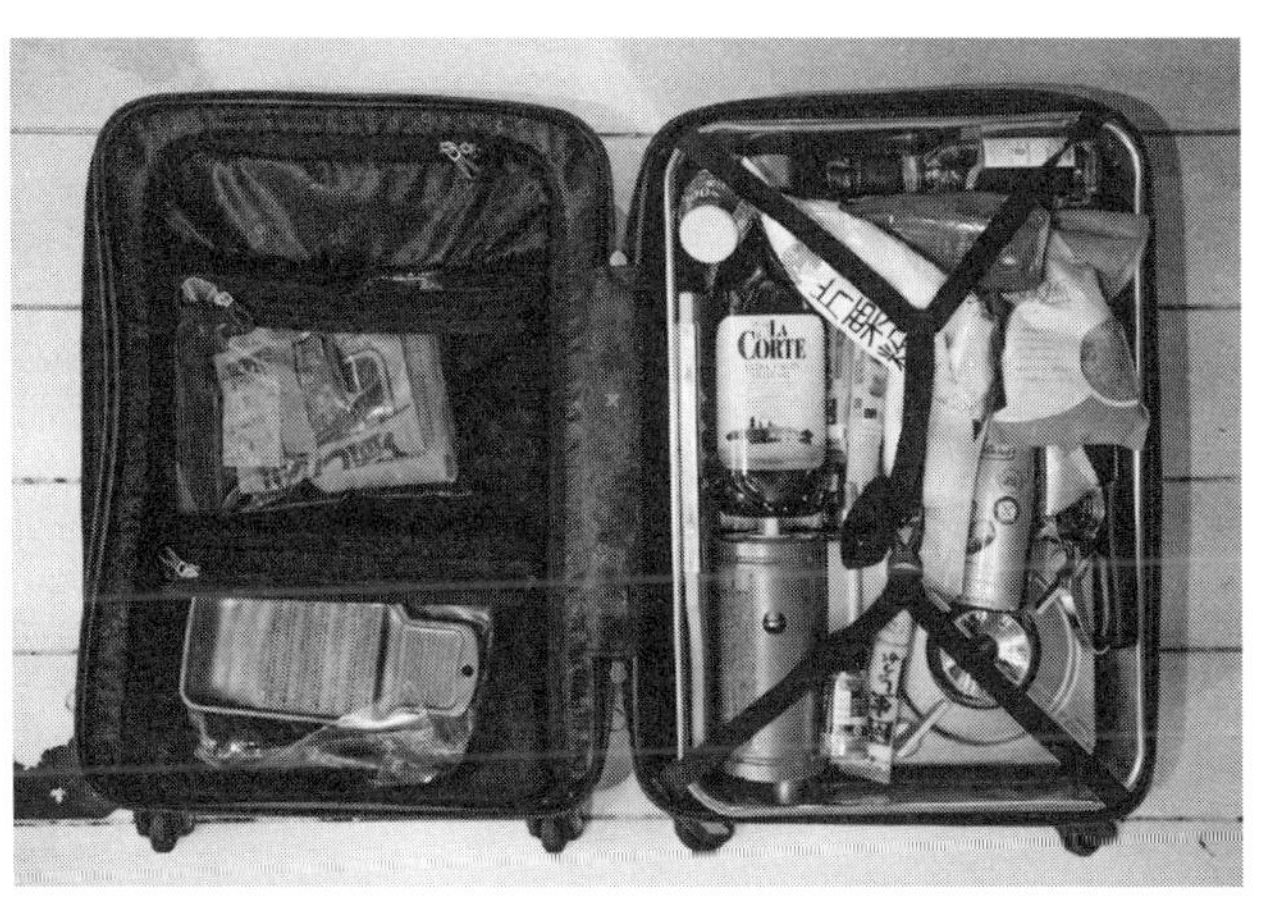

キャリーバッグ一つに「何処でも居酒屋」のキッチン・インフラは全て詰まっている

ば、ステンレスのバットをそのまま鍋として使うこともできなくはない。

百円ショップは包丁、まな板、トング、お玉、ボウル、ザル、魚焼きの網、ジップロックなど、調理器具一式が安く揃うし、基本調味料も全て百円で揃う。

ちなみにこのキャリーバッグの中に収まっている調味料を列挙すると、以下の通り。

醬油、味噌、塩、砂糖、ナンプラー、ポン酢、オイスターソース、マヨネーズ、トマトケチャップ、ワインビネガー、ポッカレモン、オリーブオイル、ごま油、昆布、塩昆布、梅干し、カツオ酒盗、だしの素、味の素、コンソメ、豆板醬、コショウ、ガラムマサラ、鷹の爪、粉ゼラチン、片栗粉、わさ

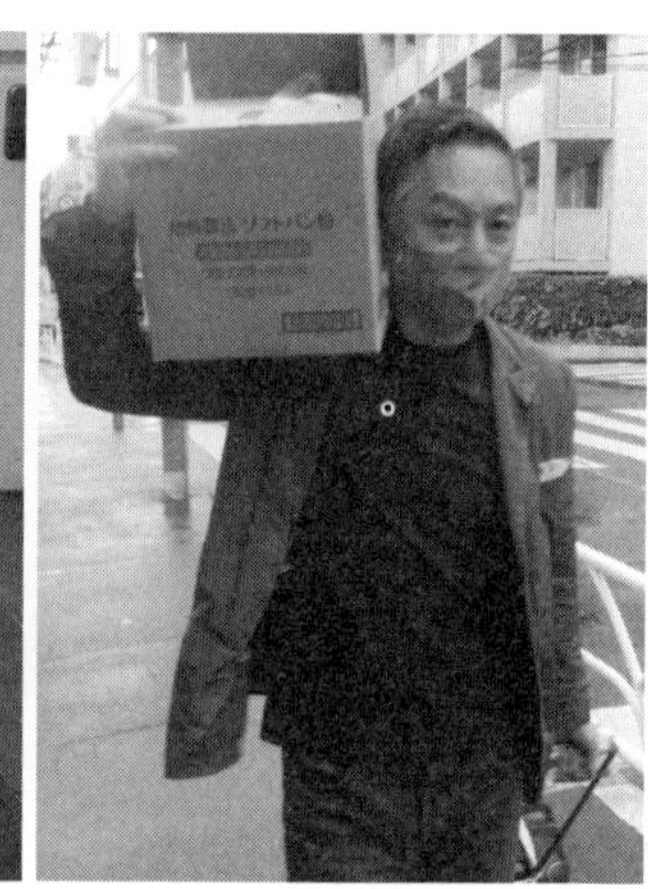

買い出しを終えて「HOFF」へ向かう

び、おろしショウガ、おろしニンニク、和がらし。

これだけ揃っていれば、たいていのものは料理できる。

買い物に一時間ほどかかり、現場には午後二時半に到着。すぐにデパックし、調理場を確保する。一式は全部、バットに入っているので、それをまな板の傍におけば、すぐに調理が開始できる。今回用意したメニューは前菜にカルパッチョ各種、鶏の胸肉のハム、温かい煮物としてチリコンカルネ、サラダとして切り干し大根のソムタム風、やはり切り干し大根の具が入った台湾オムレツ、白インゲン豆とベーコン、たっぷりのチーズが入ったスパニッシュオムレツと卵料理を二種類、メインは牛肉を焼き、タリアータと牛肉サラダのヤムヌアの二種類、そして、賄い料理として汁なしそばの一種「博徒そば」といったラインナップである。

(1)スパニッシュオムレツはスペイン・バルの定番料理だが、世界の屋台をめぐる紀行番組を見ていたら、大量のチーズを入れた超高カロリーのオムレツが名物のブエノスアイレスの市場の食堂が紹介されていて、それを見よう見まねで作ってみた。具材を混ぜた卵をオリーブオイルを敷いたフライパンに入れ、極弱火でおよそ三十分ぐらいかけて焼き上げると、ふっくらとパンケーキのように焼き上がる。これ一つで卵を十個使っている。

(2)前菜にはタコ、ブリ、ホタテを用意した。刺身としても食べられるが、ソースを七種類作り、それを絡めて食べることでバリエーションを増やした。魚介三種類＋後述する鶏ハムの四種類×七種類の味で二十八種類のメニューが提供できる計算になる。(3)七種類のソースは以下の通り。①梅干しとオリーブオイル。これにゆず果汁や塩昆布をあしらえば、旨味は倍増する。②酒盗オリーブオイル。これは豆腐にトッピングしてもいいが、刺身の食べ方としてはかなりポイントが高い。少量の白ワインを加えると、マイルドになる。③ゆず味噌。生のゆずが庭になっていたので持参し、その皮のみじん切りと果汁、ワ

スパニッシュオムレツを作る筆者。持ち込みのカセットコンロが大活躍

インビネガー、砂糖を味噌に加え、よく練っている。これに和がらしを入れたり、豆板醤を入れてもよい。④鷹の爪とニンニクのみじん切り、コリアンダーにごま油とオイスターソースを合わせたソース。これはよく火鍋の具を食べる時に使う黄金の組み合わせ。⑤は④の変形。鷹の爪とおろしショウガ、コリアンダーとポン酢を合わせている。⑥からしマヨネーズ。これは定番中の定番。おろしニンニクとマヨネーズを和えれば、アイオリソースになるし、豆板醤マヨネーズという技もある。⑦ガラス容器に入っているのはタイ風ドレッシングである。これをかければ、あらゆるものがタイ料理になる。中身はナンプラー、ゆず果汁、ワインビネガー、砂糖、おろしニンニク、おろしショウガ、レモングラス、鷹の爪、コリアンダーである。

⑷鶏ハムは海南鶏飯(ハイナンジーファン)と同じ処理法、すなわち低温調理を施してある。塩とワインとショウガ、セロリなどに漬け込んで、臭みを抜きつつ下味をつけた胸肉をおよそ六十度くらいのお湯に十五分ほど浸しておく。六十度を保つために、冷めたらコンロの火をつけたり消したりを繰り返す。その結果、驚くほど柔らかく、旨味が内側に閉じ込められた状態になる。胸肉にありがちなパサつきは全くない。そのままでも味わい深いが、こちらも七種類のタレのどれとも合う。とりわけゆず味噌を塗ると、絶品。

(5)青パパイヤがあれば、ソムタムを作りたかったところだが、切り干し大根で代用した。冷凍ものではあるが、新大久保で仕入れたレモングラスも入っている。

(6)チリコンカルネは缶詰だけでも作れる手軽な料理で、河原に繰り出し、大鍋で作って、芋煮の代わりにする手もある。今回はセロリ、ニンジン、タマネギ、ニンニク、それに牛ひき肉を炒め、さらにチョリソーとベーコンを加え、キドニー・ビーンズとひよこ豆の二種類の豆、トマト缶を入れ、鶏を調理した時に出たスープとコンソメを加えて煮込んでみた。味に深みを出すためにガラムマサラを入れ、生の鷹の爪と豆板醬で辛みを補ったので、かなりスパイシーに仕上がった。

(7)沖縄ではおばさんたちが市場で働いているあいだ、おっさんたちは博打にかまける光景が昔はよく見られた。その際に用意される賄い料理が通称「乞食そば」だが、ここでは名前を変えて「博徒そば」と呼ぶこととする。本来は沖縄そばを使うが、今回はラーメンの生麵を使った。硬めに茹で、ごま油をまぶし、そこにかまぼことスパムと青ネギと紅ショウガをあしらう。好みで醬油や味の素をかけてもいいが、具の塩分だけでも充分だ。博徒はこれを洗面器に盛り、泡盛を飲みながらかまぼこやスパムをつまみにし、お昼時になると麵を食べる。まさにオールインワンの食事である。

ドキュメント「何処でも居酒屋」

vol.1
2020年
10月19日

居酒屋〝Masatti〟がついに限定オープン！

午後3時、渋谷区初台のカフェ「HOFF」のテラスで仕込みにかかる筆者

黙々と準備を進める

和洋中のつまみを全て一人で作る。喉が渇けばワインで景気づけ

カルパッチョ各種から賄いの「博徒そば」までのラインナップ。右下のオムレツは台湾オムレツの上にスパニッシュオムレツも乗せてダブルオムレツにしたもの。ほかに牛肉のタリアータも作った

写真番号は本文189〜192ページの番号に該当

盛り付けも店主自ら

午後6時、いざ、開店!

午後8時に閉店。「何処でも居酒屋」のキッチン・インフラはキャリーバッグただ一つ

協力／HOFF
撮影／今井卓

牛肉のタリアータ

(8)メインはステーキだが、ルッコラとわさび菜のベッドの上にミディアムに焼き上がったステーキを切って横たえるタリアータを作った。これにタイ風のドレッシングを合わせれば、ヤムヌアになる。

「何処でも居酒屋」では基本、酒は各自持ち寄るか、クーラーボックスに入っているビールや酎ハイ、ワイン、日本酒などをセルフサービスで飲む。今回、食器とグラスは店に借りたが、紙皿やアルミホイルや葉っぱでもよしとする。百円ショップで小皿と椀を十枚ほど用意し、一品ずつを上品に盛りつければ、客は勘定を払わずには帰れまい。

（二〇二〇年十月）

20 歓迎光臨 天ぷらMasatti（マサッチ）

谷崎潤一郎の耳には三味線の音色が「天ぷら喰いたい、天ぷら喰いたい」と聞こえたようだ。ちなみにその呪文めいたフレーズがリフレインされるのは『母を恋うる記』という短編だが、それを読んだ時、無性に天ぷらが食べたくなった。

江戸前天ぷらは江戸前寿司と同様、東京湾の海の幸を堪能するジャンルである。何度か釣りに出かけたことがあるが、江戸前＝東京湾は首都圏の住人にとって絶好の釣り場であり、江戸前天ぷらや江戸前寿司の母なる海である。今では全てのネタを江戸前で揃えることは難しくなっているが、穴子やキス、フグなどはまだ十分な釣果（ちょうか）が期待できる。メゴチも江戸前の魚なのだが、今では高級店でしかお目にかかれない。一度、銀座の「近藤」で食べたことがあるが、水っぽい外国産の冷凍物と違って、身が締まり、旨味が凝縮されていた。

自慢ではないがといいつつ、自慢するが、私は天ぷらが得意である。何しろ、この業界随一の匠、近藤文夫師匠から直伝を受けているくらいだから。といっても、雑誌の企画で一日弟子入りを許されただけで、その指導も大甘ではあったが、たぶん、私は呑み込みの早い教え子だったはずで、十年ほど経過した今もあの日に習ったことは忘れていないし、自分なりに試行錯誤を続けている。やはり、実践の機会を増やさないと、せっかく覚えた技も錆びついてしまうので、「空想居酒屋」の最終回は、「何処でも居酒屋」天ぷら編でカラッと締めくくりたい。

屋外で食事となった時、多くの人はバーベキューをしたがる。キャンプ、グランピング、別荘での食事にはバーベキューがセットになっていて、呟くように燃える炭火を前に自分語りなどしている中でおもむろにカセットコンロに天ぷら鍋を置き、油を注いでいたら、多くの眼差しを集め、「その手があったか」と目から多くの鱗を落とすことになる。屋外天ぷらは意外に誰もやろうとしない魅惑のニッチである。もちろん、雨が降ってきたら、油がはねて、大騒ぎになるし、風が吹いたら、コンロの火が泳ぐが、屋根の下に逃げ、みんなでコンロを囲み、風除けになればいい。

今回のキャリーバッグは天ぷら鍋付き

いつものようにキャリーバッグに一式を詰め込み、通販で買った天ぷら鍋をヘルメットのようにぶら下げ、ガラガラと現場に赴く。

江戸前の素材はなかなか手に入らないので、比較的、魚介の種類の多いスーパー「オオゼキ」の池尻店で仕入れを行う。日によっては、活ダコや活イカも売っているので、ここへ来ると、つい長居してしまう。天ぷらも鮮度が命なので、自ずと品定めの目は厳しくなるが、ここは目利きの客も多いので、鮮魚売り場も真剣勝負である。

この日は最近、あまり見かけなくなった大ぶりのブラックタイガーを見つける。やはりエビは天ぷらにおける不動のセンター

魚介の品定めをする目は厳しい

であるから、冷凍のバナメイエビでごまかすわけにはいかない。本当はまだ生きているクルマエビが欲しいところだが、それは高級天ぷら懐石に譲る。数あるエビの種類の中でもクルマエビは最も淡白で、踊り食いか、天ぷら以外の調理にはあまり向かない。その点、ブラックタイガーはわりと濃厚な味で、万能選手である。大穴子も売っていたので、天ぷらの二枚看板は揃った。モンゴウイカを探したが、なかったので、大きなスルメイカを仕入れた。メゴチやキスはなかったので、今回はミニマリズムで行く。その代わり野菜の天ぷらを充実させる作戦に出る。

今回もＨＯＦＦに場所を借りたが、本日

は秋日和につき、屋外のテラスに店を開く。

到着後、五分で仕込み作業を始められるのが、「何処でも居酒屋」のフットワークの軽さである。天ぷらはメインとサブ二つのコンロを用意し、素材によって使い分ける。揚げ置きは基本的にしないので、寿司や焼き鳥と同様、ライブ・パフォーマンスになる。それまでに素材の下準備を入念に行っておく必要がある。仕込みが済んでいれば、もう客を迎えることができるので、やはり屋外のパーティ向きなのである。

天ぷらの具材は、ナス、ゴボウ、アスパラガス、タマネギ、菜の花、レンコン、椎茸、舞茸、イカ、エビ、穴子、卵を用意し、バットの中に収めた。

穴子はあまりに大きいので、あらかじめ一人前サイズに切っておいたが、六人分あった。ゴボウは九州では天ぷらに必須の素材で、天ぷらうどんを頼むと、必ずゴボウ天が乗っている。門司港のうどん屋では斜めにヘラ状に切ったゴボウが半開きの扇子のように並べてあって、歯応えもよく、絶品だった。それを模倣して、断面が大きくなるようにゴボウをカットし、水にさらしておく。ナスは四分の一にカット、椎茸も巨大だったので半分に、また舞茸は子どもの掌サイズにカットする。ブラックタイガーは殻を剝き、筋を伸

穴子の大きさに思わずニンマリ

ゴボウはヘラ状に大きくカットする

ばし、スルメイカは短冊上にカットしておく。

揚げる素材の仕込みが終わったら、次は衣の準備に取りかかる。まずは卵水から。素材の分量から見て、卵二個を冷水で溶き、よく攪拌(かくはん)する。そこに薄力粉を篩(ふるい)に掛けながら加え、かき混ぜる。別に氷などはいらない。この衣の加減が結構難しい。薄過ぎると、油の中で散ってしまうし、濃過ぎると、ボテッと重い仕上がりになってしまう。油の中で散らずに、放射状に広がるが、ギリギリまとまる程度だと、衣も軽く、サクッとした仕上がりになる。先ずは基本となる衣を作ったら、あとは素材によって、微妙に変化をつける。たとえば、エビやイカを揚げる時は余計な水分を吸い取らせるために、軽く打ち粉をしてから、衣をまとわせ、油に入れる。素材を完全に衣の中に閉じ込めることによって、素材はふんわりと柔らかく仕上がり、サクッとした衣の内側に素材の旨味と香りが封じ込められる。

シンプルな料理ほど奥が深いというのは天ぷらに最もよく当てはまる。天ぷらは油の温度管理に細心の注意を払う。家庭で揚げる天ぷらが今一つカラッとしないのは大抵の場合、温度が低いからである。素材を入れた時に油温が下がることも計算に入れる必要がある。油をケチって小鍋で揚げるより、たっぷり油を張った大鍋で揚げれば、その影響は少

エビとイカには軽く打ち粉を施す

それだけで驚くほどサクッと仕上がる

なくて済む。近藤師匠はこまめにコンロの火を調節し、また常に揚げ音に耳を澄ませている。プロは音で温度を把握できるのである。激しく泡立ち、乾いた音を立てるのは素材を入れた瞬間で、素材の水分を一気に蒸発させている。その後、音は安定するのだが、ここからの音が肝心なのだ。

(1)まずは失敗の少ないゴボウ、椎茸、舞茸を揚げる。土や森の香りを衣で封じ込め、油で風味を補う。舞茸天は山里の定番で、草津温泉にはこれが食べ放題のそば屋がある。傘の部分の香りとサクサク感、軸の部分の歯応えともに絶品だ。椎茸もエキスが衣の中に閉じ込められているので、素材の味を最も堪能できる料理法だと気づく。ゴボウ天も酒のお供に最適である。

天ぷらの脇役たちだけでお腹が満ちてはもったいないので、すぐにメイン素材を揚げにかかる。

(2)イカ、穴子、ブラックタイガーを続々、投入。温度が下がることを計算に入れ、コンロの火は最大にしたままだ。安定期に入り、カラカラといい音で呟いている。ここに並んでいる素材を一つずつ丼飯の上に並べて、タレをかけたら、上天丼千百円の完成である。

揚げはじめ。まずは野菜から

いい感じに揚がった

エビ一本追加で二百五十円増しといったところか。

(3)ほかにもレンコン、アスパラガス、タマネギ、ナスなど天ぷらには欠かせない名脇役たちが控えている。レンコンはサクッとした食感と、ネチッとした食感の両方を味わえる素材だが、それは熱の通し方で変わる。油から引き上げるタイミング次第ではその中間の歯応えに仕上がり、充分な甘みも出るのだが、その絶妙な仕上がりは運と勘任せだ。アスパラガスのジューシーさもいいが、それは鮮度次第ながら、うまく揚がると、トウモロコシのような香りが際立つ。タマネギ天は甘みが売りだが、心持ちレア気味に揚げると、乙。油を吸いやすいナスは最も高温で揚げる素材である。高温だと不思議と、油を吸わず、軽く仕上がる。衣の中から焼きナスの香りが立ち上がれば、大成功といっていい。

(4)そして近頃、コスパの良さで根強い人気を得ているのが卵天であるが、これは下手をすると、黄身が破裂して爆弾に変わるので、それを避けるために一度冷凍したり、ポーチドエッグにしてから衣をつけて揚げるという手法がネットで紹介されているが、そんな面倒なことはせず、生のまま静かに油に入れる。この時、油温はやや低めに設定しておけば、爆発しない。油に落としたら、菜箸を使い、黄身を白身で包み込むようにし、後から衣を少し垂らす。それでも爆発が怖ければ、予防策として揚げる直前に、黄身に三ヶ所、

卵天は黄身が爆発しないように注意

白身で包み込むようにして揚げる

針で見えない穴を開けておけばよい。

(5)せっかく油を用意したので、賄い向けに鶏の唐揚げも作っておいた。おろしニンニク、おろしショウガ、みりん、醬油にケチャップ、ガラムマサラなどを加えたタレに一時間ほど漬け込んだ鶏の腿肉と胸肉をビニール袋に入れ、空気と小麦粉を入れて、振る。一度揚げてから、温めたフライパンに移して温度を保ち、そのあと二度揚げして仕上げた。

(6)スーパーに「インカのめざめ」が売っていたので、衝動買いし、これも賄い用にフレンチフライにした。揚げる前にレンジで歯応えが残る程度に温めておくと、ホクホクに仕上がる。

(7)揚げ物で攻めまくったので、胸焼け防止の副菜も用意しておいた。赤カブが出回っていたので、浅漬にした。薄切りして、塩と味の素を振り、十五分ほど置いておけばもうでき上がり。

(8)一応、締めのご飯も用意した。ほとんど賄い飯だが、タマネギとエビ、イカゲソ、紅ショウガのかき揚げをばらし、卵天をトッピングし、三つ葉をちらして醬油をかければでき上がり。このB級のバラ天丼が絶品で、つい店主自らフライパンから直接かき込んでしまった。

これにてエア呑みからリアル呑みへと展開した私の「何処でも居酒屋」は閉店。もちろん、キッチンインフラは残っているので、いつでも何処でも開店することができる。コロナ禍は今しばらく終息の気配はなく、飲食店の苦境は続く。すでに私が愛してやまなかった酔客本位の居酒屋も数軒、店をたたんでしまったが、早晩、復活の日が訪れるだろう。今は冬眠でやり過ごし、春が巡ってきたら、ひとまず「何処でも居酒屋」から活動を再開してくれるのではないかと密かに期待している。本書も一応の区切りをつけるが、「空想居酒屋」の考察と「何処でも居酒屋」の実践の成果を苦境にある全国の居酒屋店主へのオマージュとしたい。

（二〇二〇年十一月）

すっかり居酒屋店主の顔に

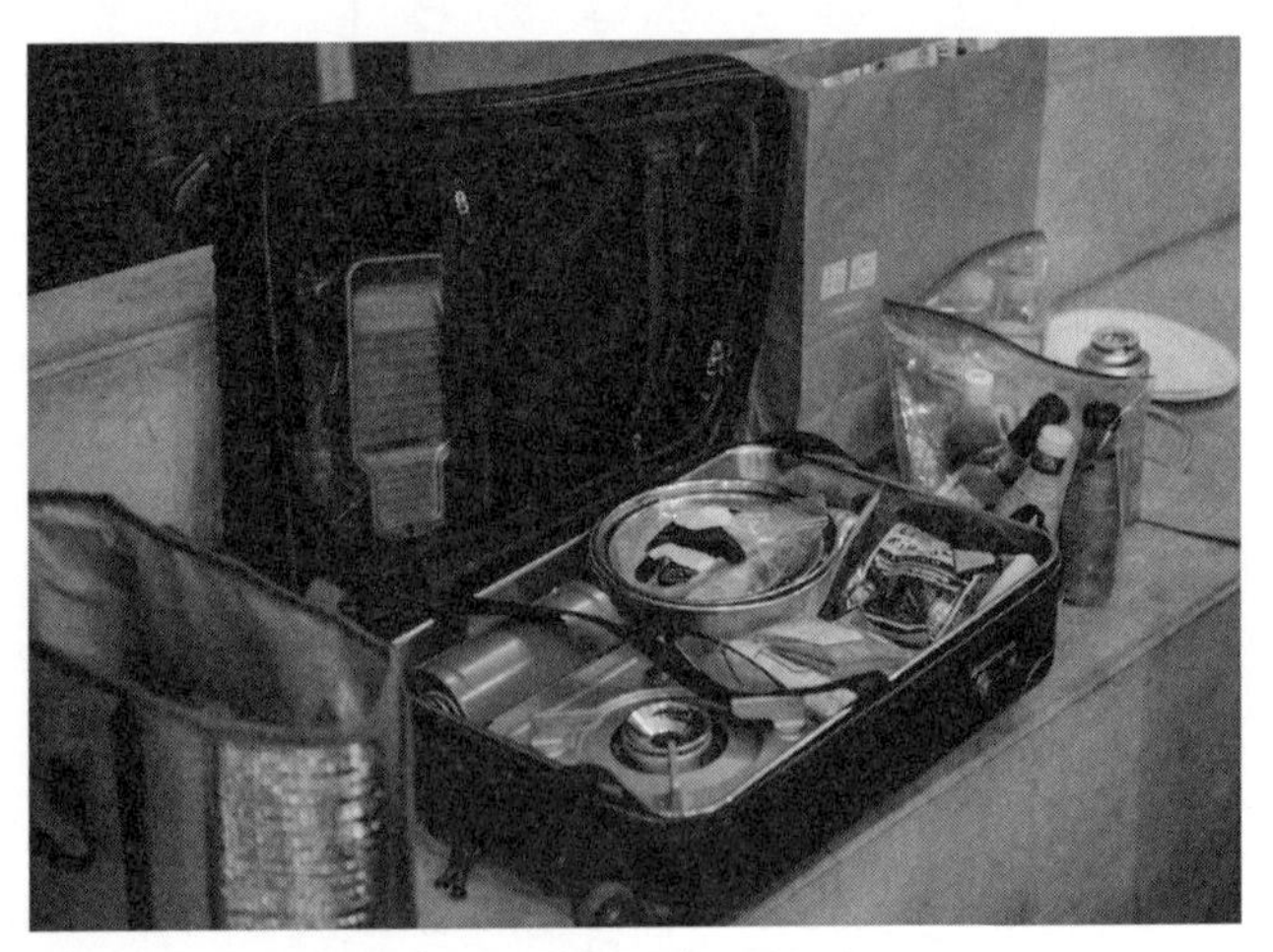

「何処でも居酒屋」閉店。また次の機会にお会いしましょう

ドキュメント 何処でも居酒屋 vol.2

2020年11月16日

締めくくりは、カラッと「屋外天ぷら店」で。

午後3時、前回と同じカフェ「HOFF」にて

キャリーバックから取り出した「天ぷらセット」

今回も一人で下ごしらえ。イカをさばき、エビの筋を伸ばす。バットの具材をご覧あれ

午後5時、野菜から揚げていく

揚げるのは、穴子にエビにスルメイカ、舞茸、レンコン、菜の花……

さらには、鶏の唐揚げとフレンチフライ。胸やけ防止に赤カブの浅漬を用意した

締めは、かき揚げと卵天のバラ天丼

店主も大満足

本日は午後7時半に閉店

またどこかで
お会いしましょう!

協力／HOFF
撮影／今井卓

レシピ一覧

ここでは、19・20の「何処でも居酒屋」で筆者が作った料理のレシピを紹介します。材料の分量や調味料等の加減についてはお好みに合わせてお作りください。

●スパニッシュオムレツ

材料／卵、シュレッドチーズ、スパム、白インゲン豆、コショウ、オリーブオイル

作り方／ボウルに卵を割り入れてよく溶き、スパム、シュレッドチーズ、白インゲン豆、コショウを加えてよく混ぜる。オリーブオイルを温めたフライパンに卵液をいっぱいまで流し入れ、アルミホイルをかぶせ、弱火で三十分ほど焼く。

●台湾オムレツ

材料／卵、ネギ、切り干し大根（水で戻す）、サラダ油、ごま油、みりん、醤油、ナンプラー

作り方／ボウルに卵を割り入れておく。ごま油を温めたフライパンで切り干し大根とネギを炒め、みりん、醤油、砂糖、ナンプラーで味付けし、卵液の入ったボウルに開けて混ぜる。サラダ油を温めたフライパンに卵液を流し入れ、混ぜながら焼く。ある程度固まったら裏返してもう片面も焼く。

●カルパッチョ

材料／ブリ、タコ、ホタテ、ベビーホタテ、パクチー、エシャロット

作り方／全ての材料を切って皿に並べ、好みで七種のソースをかける。以下、七種のソース（作り方は、全ての材料を混ぜるだけ）。

●梅干しベースソース

材料／梅干し、ゆず（またはライム）搾り汁、ゆず（またはライム）皮、オリーブオイル、塩昆布

●酒盗ベースソース

材料／酒盗、ゆず（またはライム）搾り汁、ゆず（またはライム）皮、オリーブオイル、白ワイン

●味噌ベースソース

材料／味噌、和がらし、ゆず（またはライム）搾り汁、ゆず（またはライム）皮、砂糖、ワインビネガー

●オイスターベースソース

材料／オイスターソース、ごま油、鷹の爪、コリアンダー、エシャロット、セロリ、パクチー、ニンニク

●ポン酢ベースソース

材料／ポン酢、鷹の爪、おろしショウガ、コリアンダー、エシャロット、セロリ、パクチー、ニンニク

●マヨネーズベースソース

材料／マヨネーズ、和がらし、おろしニンニク、オイスターソース、エシャロット、セロリ、パクチー

●タイ風サラダソース

材料／ゆず（またはライム）搾り汁、鷹の爪、おろしニンニク、おろしショウガ、レモングラス、ワインビネガー、コリアンダー、砂糖、ナンプラー

●鶏ハム

材料／鶏胸肉、セロリ、ショウガ、赤ワイン、塩

作り方／鶏胸肉にセロリ、ショウガ、赤ワイン、塩をまぶしてしばらく漬ける。六十度の湯

に漬け汁ごと胸肉を入れ、火を消し、ふたをして二十分ほど置く。様子を見ながら温め直し、好みまで火を通す。

●切り干し大根のソムタム風

材料／切り干し大根（水で戻す）、唐辛子、パクチー、わさび菜

作り方／材料を皿に盛り、タイ風サラダソースをかけて和える。

●チリコンカルネ

材料／牛ひき肉、ひよこ豆、キドニー・ビーンズ、カットトマト、タマネギ、ニンジン、セロリ、チョリソー、ベーコン、唐辛子、赤ワイン、ケチャップ、豆板醤、コンソメキューブ、カレー粉、チリパウダー、塩、黒コショウ、オリーブオイル、ガラムマサラ、前出の鶏ハムのスープ

作り方／オリーブオイルを温めたフライパンに、牛ひき肉、タマネギ、ニンジン、セロリ、チョリソー、ベーコン、唐辛子を入れて炒めたら、大鍋に移す。ひよこ豆、キドニー・ビーンズ、カットトマトを入れ、鶏ハムのスープを加え、コンソメキューブ以下の調味料で味付けして煮込む。

●博徒そば

材料／ラーメンの生麵、かまぼこ、スパム、青ネギ、紅ショウガ、ごま油
作り方／具材をボウルに入れる。ラーメンの生麵を茹で、水を切って材料の入ったボウルに入れ、ごま油を回しかけ、ざっと和える。皿に盛り、紅ショウガを添える。

●タリアータ
材料／牛肉、ニンニク、ルッコラ、オリーブオイル、塩コショウ、ワインビネガー、わさび菜
作り方／オリーブオイルを温めたフライパンでニンニクを揚げてチップを作る。ルッコラを皿に敷き、オリーブオイル、ワインビネガーを回しかけ、塩コショウで味を調える。塩コショウした牛肉をフライパンで好みに焼き、そぎ切りしてルッコラの上に盛る。ニンニクチップを乗せ、塩を振りオリーブオイルをさっとかける。

●天ぷら
＊「20　歓迎光臨 天ぷらＭａｓａｔｔｉ」参照。

●鶏の唐揚げ
材料／鶏肉（胸・腿肉）、衣（小麦粉、おろしニンニク、おろしショウガ、醬油、みりん、ガラムマサラ）

作り方／ポリ袋に衣の材料を入れてよく混ぜる。鶏肉（一口大に切る）を加えて、もむようにして衣を肉につける。油を熱し、中温で鶏肉を表面がきつね色になるまで揚げる。鶏肉を温めたフライパンに移して、温度を保つ。油の温度を上げて鶏肉を戻し、高温で表面がカリッとするまで一～二分揚げる。
ポイント／衣を鶏肉によくもみ込むことで味がしみて、冷めても美味しい。二度揚げすることで表面はカリッと、中はジューシーに仕上がる。

●フレンチフライ
材料／ジャガイモ（今回は「インカのめざめ」を使用）、塩、ビネガー、ケチャップ（お好みで）
作り方／ジャガイモは皮ごと櫛形に切り、電子レンジで温める。油を熱し、中温でジャガイモがほっくりとなるまで揚げる。
ポイント／揚げる時に中まで火を通すので、電子レンジでは歯応えが残る程度に温める。

●赤カブの浅漬
材料／赤カブ、塩、味の素
作り方／赤カブを薄切りにする。塩と味の素を降って十五分ほど置く。
ポイント／白カブより赤カブの方が味に深みが出る。

●かき揚げと卵天のバラ天丼

材料／タマネギ、エビ、イカゲソ、紅ショウガ、卵、三つ葉

作り方／かき揚げ用にタマネギ、エビ、イカゲソを切り、紅ショウガとともに天ぷら用の衣と混ぜる。卵をたまじゃくしの上で静かに割る。油を熱し、それぞれカリッとなるまで揚げる。ご飯の上にかき揚げをばらしながら乗せる。卵天を乗せ、三つ葉をちらす。

ポイント／卵はさっと揚げて半熟に仕上げる。かき揚げ、卵をくずして全体を混ぜる。食べる時に醤油をかける。

Special Thanks

HOFF（ホフ）

渋谷区初台2-11-11 ステータスヒル初台 1F
http://hoff-restaurant.com/

撮影場所としてご協力いただきました。

本書は、二〇一九年四月より翌二〇年十一月まで小社WEBマガジン「本がひらく」https://nhkbook-hiraku.com/ に連載した「空想居酒屋」1〜20に加筆し、再構成したものです。

DTP・カラーページ　山田孝之
イラスト　斉藤ヨーコ
撮影協力　今井 卓
校閲　髙橋由衣
編集協力　五十嵐広美

島田雅彦 しまだ・まさひこ
1961年、東京都生まれ。
小説家、法政大学国際文化学部教授。
東京外国語大学ロシア語学科卒業。
在学中の83年に『優しいサヨクのための嬉遊曲』でデビュー。
『夢遊王国のための音楽』で野間文芸新人賞、
『彼岸先生』で泉鏡花文学賞、『退廃姉妹』で伊藤整文学賞、
『カオスの娘』で芸術選奨文部科学大臣賞、
『虚人の星』で毎日出版文化賞、
『君が異端だった頃』で読売文学賞を受賞。
他に『悪貨』『オペラ・シンドローム』など。
2010年下半期より芥川賞選考委員。

NHK出版新書 643

空想居酒屋

2021年1月10日　第1刷発行

著者　島田雅彦
発行者　森永公紀
発行所　NHK出版
〒150-8081 東京都渋谷区宇田川町41-1
電話 (0570) 009-321(問い合わせ) (0570) 000-321(注文)
https://www.nhk-book.co.jp (ホームページ)
振替 00110-1-49701

ブックデザイン　albireo
印刷　新藤慶昌堂・近代美術
製本　藤田製本

Printed in Japan ISBN978-4-14-088643-4 C0295

NHK出版新書好評既刊

NHK出版新書好評既刊

年金崩壊後を生き抜く
「超」現役論
野口悠紀雄
決してバラ色ではない「人生100年時代」。国にも会社にも、もう頼れない！ 老後の暮らしを守る唯一の方法を、日本経済論の第一人者が提言する。
610

高校世界史でわかる
科学史の核心
小山慶太
ニュートンはなぜ後世に名を残せた？ 普仏戦争と量子力学の意外な関係とは。近現代史を大きく動かした科学の営みをたどる、科学史「超」入門！
611

実践 幸福学
科学はいかに「幸せ」を証明するか
友原章典
日本の男女格差はG7最下位、なのに幸福度の男女差は女性が上！ その理由とは？ 行動経済学の俊英が、科学に基づく「幸せ」のあり方を提唱する。
612

死ぬまで、努力
いくつになっても「伸びしろ」はある
丹羽宇一郎
定年後の幸せ、老後の理想、若者との向き合い方。後悔なしに生きるには何を心掛けるべきか。豊富な経験から語り尽くす、人生後半戦の指針書！
613

AI vs. 民主主義
高度化する世論操作の深層
NHK取材班
すでに世界68か国で展開されている「AI世論操作」。それはいかに社会を脅かすのか。告発者らの生々しい証言を手掛かりに探る民主主義の未来。
614

それでも読書はやめられない
本読みの極意は「守・破・離」にあり
勢古浩爾
名著、名作に入門、格闘し、敗れたのちに開眼する!? 何ものにもとらわれない読み方へ。古希を過ぎて総括する、痛快なる読書一代記！
615

NHK出版新書好評既刊

616
移動革命
MaaS、CASEはいかに巨大市場を生み出すか
三菱総合研究所［編著］
EV・自動運転・配車アプリ・シェアリング……。「移動」をめぐっていま起こりつつある、100年に1度のパラダイムシフトの実相を解き明かす。

617
ミッシングワーカーの衝撃
働くことを諦めた100万人の中高年
NHKスペシャル取材班
労働市場の「落とし穴」に陥るリスクは、誰にでもある！　働き盛りの40代・50代に何が起きているか？話題沸騰のNHKスペシャル、待望の書籍化！

618
欧州分裂クライシス
ポピュリズム革命はどこへ向かうか
熊谷　徹
EUから離脱する英国、右傾化に抗うドイツ。「格差拡大」「アイデンティティの喪失」という二つの不安軸から欧州情勢の今を読み解く。

619
日本美術の底力
「縄文×弥生」で解き明かす
山下裕二
過剰で派手な「縄文」と簡潔で優雅な「弥生」の2軸で、日本美術を軽やかに一気読み！　傑作61点をオールカラーで掲載した、著者初の新書！

620
マルクス・ガブリエル
欲望の時代を哲学するII
自由と闘争のパラドックスを越えて
丸山俊一
＋NHK「欲望の時代の哲学」制作班
NHK番組で大反響のマルクス・ガブリエルが帰ってきた！　舞台はニューヨーク。資本主義と民主主義の中心地で、哲学のホープは何を語るのか!?

621
英文法をこわす
感覚による再構築
大西泰斗
英文法の文型、規則・用法を丸暗記するのではなく、ネイティブの語感をじかに捉えるには？「NHKラジオ英会話」人気講師が明快かつ情熱的に説く！

NHK出版新書好評既刊

もっと試験に出る哲学
「入試問題」で東洋思想に入門する
斎藤哲也
ブッダに道元、西田幾多郎まで。「センター倫理」厳選26問を導きに、インド・中国・日本をまたぐ東洋思想の流れを明快に説く第2弾！
622

2025年のデジタル資本主義
「データの時代」から「プライバシーの時代」へ
田中道昭
GAFAなどの巨大テック企業による富の独占に抗い、世界で高まる個人情報保護の機運。デジタル資本主義が進展する中で、次に覇権を握る者とは？
623

今ここを生きる勇気
老・病・死と向き合うための哲学講義
岸見一郎
幸福に「なる」のではなく、「今」が幸福で「ある」。それが、人生の答えだ——。ベストセラー『嫌われる勇気』の著者による、はじめての講義型新書！
624

京都を壊した天皇、護った武士
「一二〇〇年の都」の謎を解く
桃崎有一郎
後鳥羽・後醍醐ら一部の天皇は、なぜ京都を危険に晒したのか!? 京都と天皇をめぐる一二〇〇年の「神話」を解体し、その本質へと迫る意欲作！
625

極上の死生観
60歳からの「生きるヒント」
齋藤 孝
〝生きること〟の究極的な本質とは何か？「死の不安」に打ち克ち、人生の意味に自分自身で気づく方法を、古今東西の賢者・哲人・聖者たちに学ぶ！
626

現代哲学の最前線
仲正昌樹
哲学は今何を問うているのか？ 正義論、承認論、自然主義、心の哲学、新しい実在論という5つのホットなテーマを概観し、その核心を一気に掴む！
627

NHK出版新書好評既刊

番号	書名	著者	内容
634	イノベーションはいかに起こすか AI・IoT時代の社会革新	坂村 健	日本よ「変わる勇気」を持て。世界に先駆けIoTのコンセプトを提唱した稀代のコンピューター学者が、私たちの社会の進むべき道を指し示す。
635	マルクス・ガブリエル 危機の時代を語る	丸山俊一+NHK「欲望の時代の哲学」制作班	人気番組のニューヨーク編から、大反響だった「ガブリエルと知の最前線5人との対話」をまるごと書籍化！コロナ直後の緊急インタビューも収載！
636	「冴える脳」をつくる5つのステップ ゆっくり急ぐ生き方の実践	築山 節	日々の不調に加え、コロナ禍で脅かされる生活や健康。現代人が抱える不安に適切に対処できる「脳」のつくり方を、ベストセラーの著者が解説。
637	家族のトリセツ	黒川伊保子	親子関係から兄弟、夫婦関係まで。イライラやすれ違いの具体例を挙げながら、「脳の個性」を理解し、「最も身近な他人」とうまく付き合う方法を伝授！
638	独裁の世界史	本村凌二	なぜプラトンは「独裁」を理想の政治形態と考えたのか？古代ローマ史の泰斗が2500年規模の世界史を大胆に整理し、「独裁」を切り口に語りなおす。
639	はやぶさ2 最強ミッションの真実	津田雄一	世界を驚かせる「小惑星サンプル持ち帰り」を完璧に成功させたプロジェクトの中心人物が描く、スリルと臨場感にあふれた唯一無二のドキュメント！